亂流

浪花水滴的搏鬥

區家麟 作品集（三）

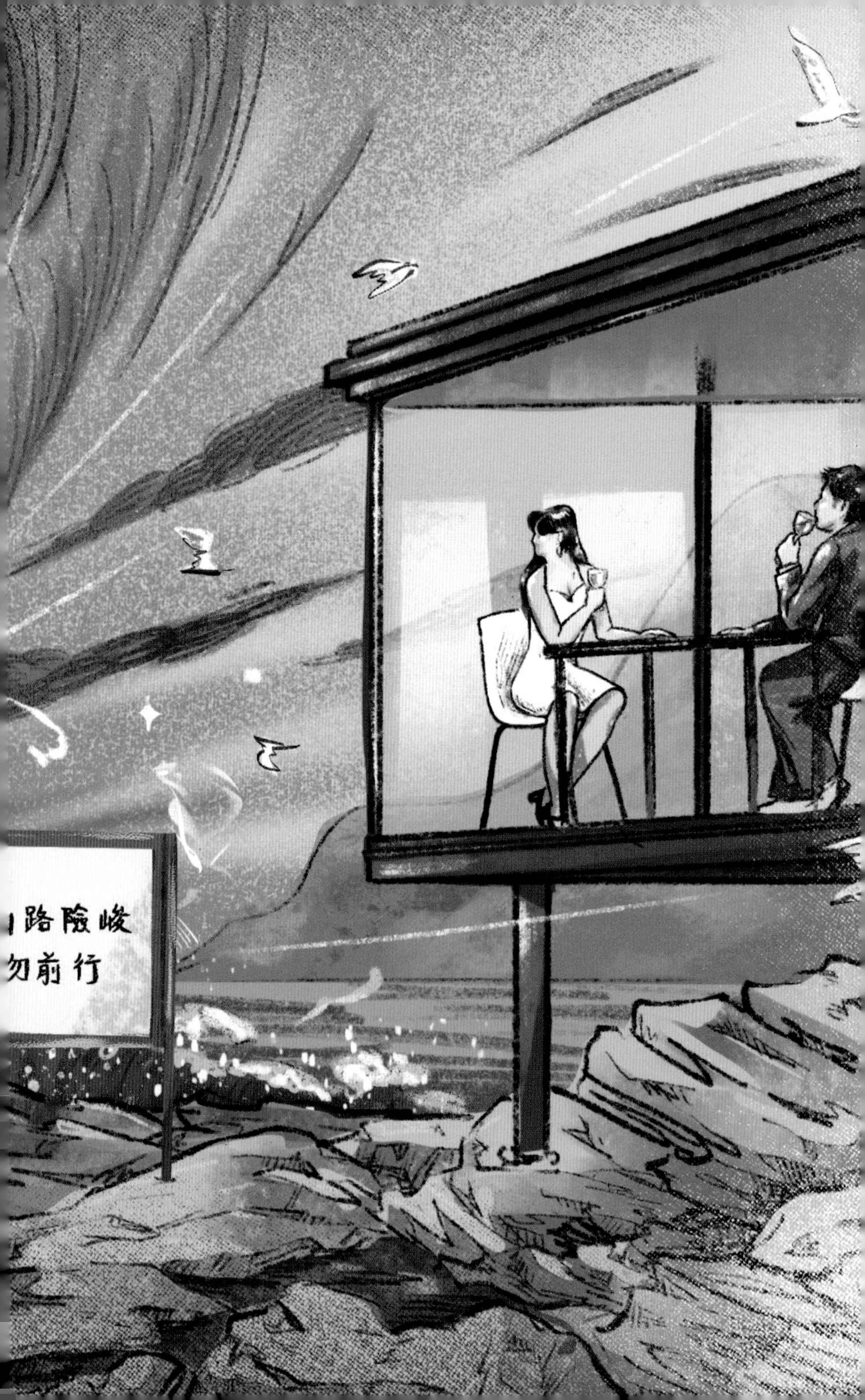
路險峻
勿前行

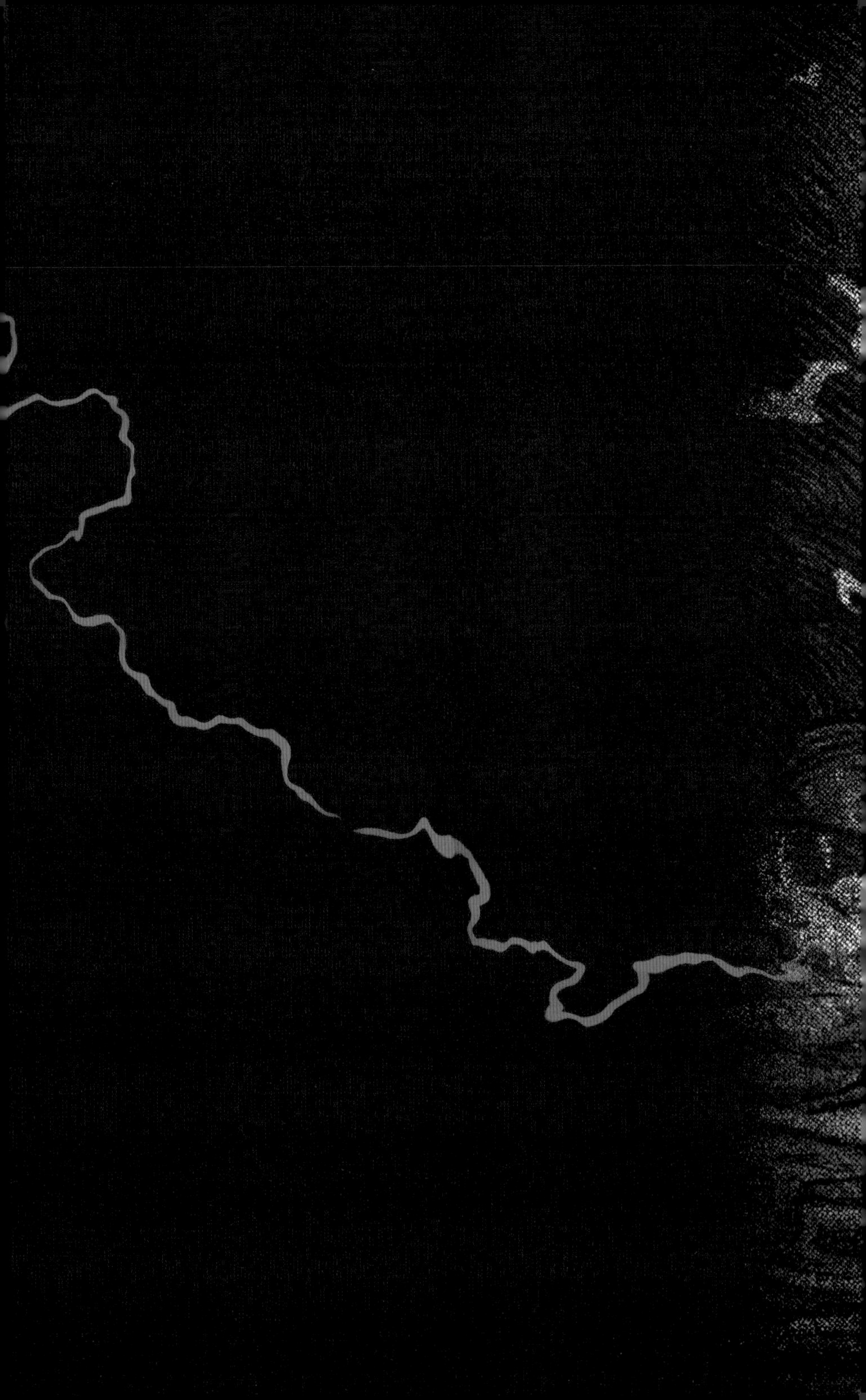

給一直同行的人

願我們的靈魂有超脫一切變化的瘋狂

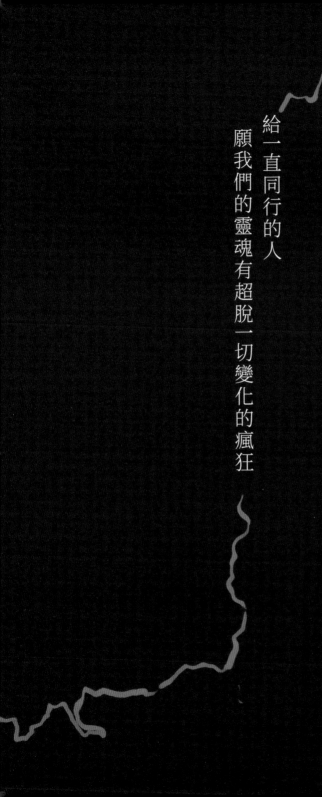

序
亂流中風花雪月

坐困愁城時，我在香港旅行，那個無人之境叫花山；險灘潛行，學習亂流下保平安。

當你見到「請勿前行」的路牌，你就知道路走對了，勇敢面對恐懼，方能無畏無懼。被禁錮的美麗靈魂說，願我們的靈魂有超脫一切變化的瘋狂；我的願望卑微，只望安於不安，願我們成為瘋人院裏最後一個瘋掉的人。

潮池中的微物，眾生平等，儘管有些動物比其他動物更平等。浪花澎湃亂流裏，終究我們跳不出地球，也去不了火星，只能留駐家園，安於寸心的自在，於斗室中旅行。

在一個歡迎風花雪月的時代，我們就來一場風花雪月。

我曾經以為，寫書已經再無意義。

世情瞬息萬變，網絡無遠弗屆，社交媒體一呼百應，有話要說，不再靠一本書；我們崇尚斷捨離、去紙化、沉醉於光影旅行；這時代，一本實體書，流傳未必廣，買了未必讀，時勢轉變也快。當有人把文字化作一紙墨跡，編撰成書，只是成為不方便搜尋的歷史煙塵。

不過，網站、博客、電子書、社交媒體帳戶，連同記憶、文獻、歷史，原來可以一鍵消失，轉眼灰飛湮滅：原來握在手上的一本書，才是最穩妥最實在。

寫書可以療傷，給自己慰藉。還可以書寫的時候，就讓我多寫一本書。

旅行不是必然的，美好的事物都有限期。慶幸我曾經有浪蕩瘋狂無憂無慮的時光，踏過海角天涯。第一本旅人日誌《潮池》，記旅途上偶爾相逢的過客；第二本《他他巴》，記曾經走過的絢麗與荒涼。相隔十多年後的今天，《亂流》出版，是旅行日誌第三部。感謝藍藍的天出版社，十多年前找一個默默無聞的人出版第一本書，十多年後繼續合作，更重編重印絕版多時的《潮池》與《他他巴》。

感謝十年前的我，令十年後的我可以厚顏無恥地說：你寫了一些經得起時間考驗的文字。

感謝帶我勇闖急流險灘、教懂我亂流下平安的山海好友，是你們擴闊了我的行山地圖，認識香港荒島海洞難得一見之境；感激曾經在洶湧大浪中捉緊我、在海穴黑洞中照亮我的每一位。有你們，才有《亂流》的故事，才習慣暴露於險地，鎮定地克服恐懼。

感謝她，那位在本書照片中，爬得比我高、走的路比我更瘋狂的背影，就是她。

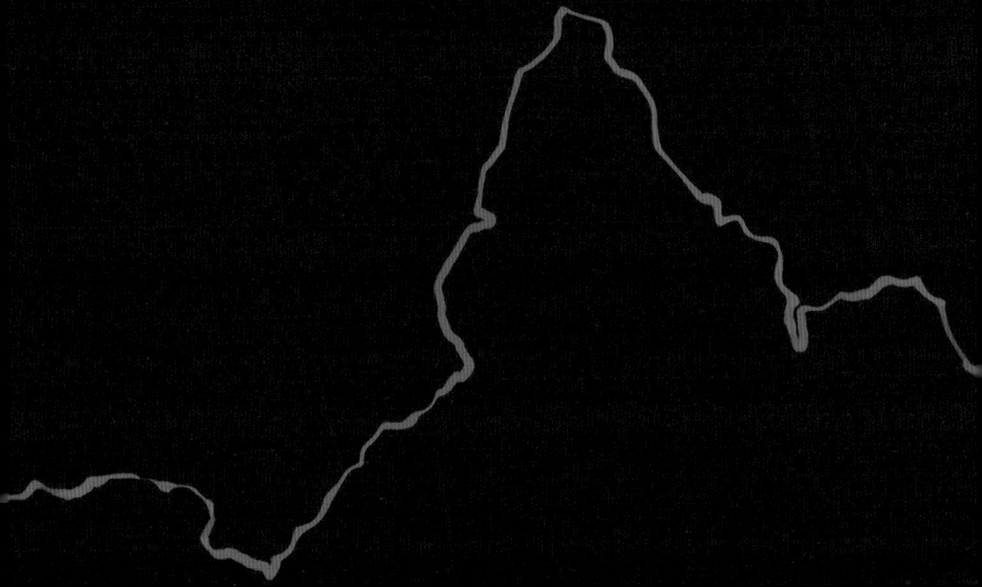

警告：

本書部分文章涉及高危運動，部分海洞及險灘，全年大部分時間波濤洶湧，不宜前往。切忌攀爬任何地方的六角柱石或海邊崖壁，因石壁陡峭，提防跌死；高崖上有碎石，提防落石砸死；崖邊大浪澎湃，提防墮海淹死；淺灘有亂流暗湧，提防撞石暈死。

目錄

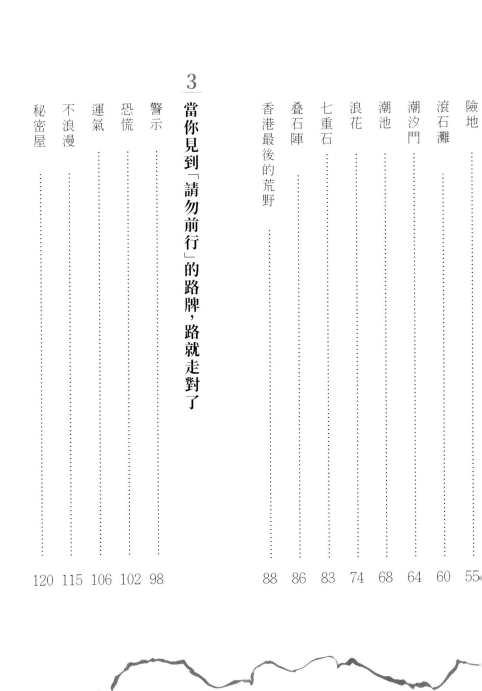

4 願我們成為瘋人院裏最後一個瘋掉的人

5 眾生平等，但有些動物比其他動物更平等

6 終究我們跳不出地球，也去不了火星

第一章

如果要為這海岸線說一個長度，
我會說無限

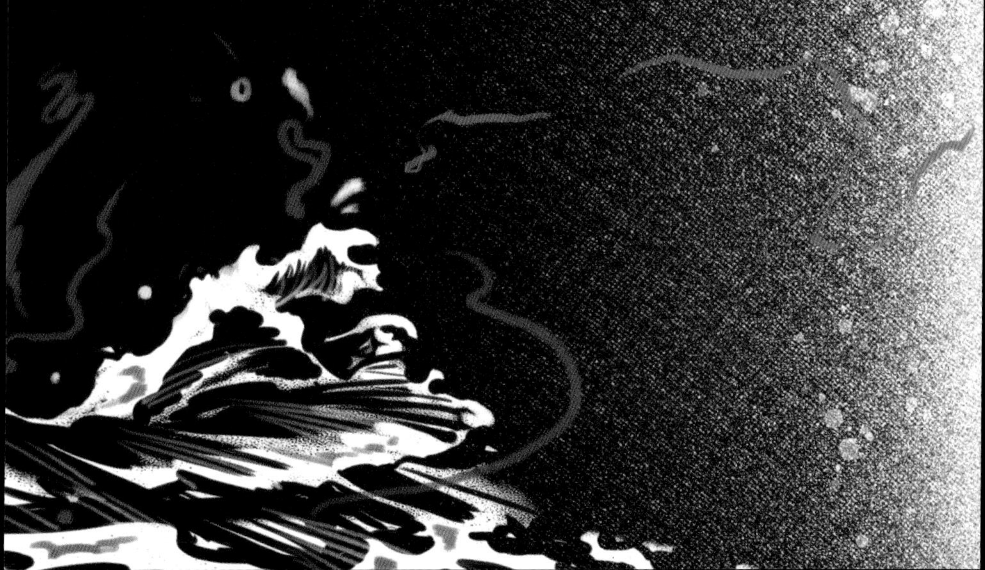

異域

有種聲音，第一次遇上。

荒島沿岸，我常會留意卵石灘上，潮浪掃過、輕撫石卵時清脆輕柔的觸碰聲；若浪濤輕重與卵石大小匹配，全灘滑溜的卵石輕輕在浪花中滾動幾毫米，聲音時而清爽溫潤，時而澎湃激動，我可以閉上眼睛、輕輕入夢。

這處的天籟之音不一樣。

地點是東海島嶼沙塘口山東南方一個無名灘頭，孤獨海岸，位處偏僻，面向太平洋，長年大浪，這裏沒有海洞沒有奇石，只有海上垃圾，大概連冒險家也不屑一顧。灘岸石頭圓圓的，體積較大，如小西瓜一樣，灘頭的浪花推它不動。

有天「綑邊」時，我們游泳渡海，在這灘頭靠岸，來到水深及胸口之處，大浪中載浮載沉時，傳來一記又一記沉重的骨碌骨碌聲，海底有異象！

我一頭栽進水底張望，見巨浪衝擊中，水底的圓石四下漂移，如隕石飄浮太空，相互碰撞，海水過濾，傳來扭曲的敲擊聲韻。

再一個狂浪襲來，力度剛好掀起了整個海床的巨大卵石，石頭一同滾動，環迴立體隆隆聲，轟轟作響，恍若地動山搖地殼崩裂；較小的石塊隨水流飛舞，繼續互相敲擊悶響，石頭在你眼前漂來漂去，又似盤古初開火山爆發蠻荒異域。

我在淺灘的大浪中浮潛，欣賞這幕海床好戲，捨不得離開。要浪濤的力量與大石的重量恰到好處，巨浪又不致於太危險，才有機會觀賞大石漂浮這神奇一幕。我想起英國荒誕小說作家 Douglas Adams 所寫的《宇宙毀滅時的餐廳》(The Restaurant at the End of the Universe)，這家餐廳徘徊於宇宙毀滅的時空，人們一邊飲紅酒吃牛排，一邊觀賞窗外萬物毀滅一刻的璀璨光芒。

微光

這種藍，很少見。

暗黑深處，洞外微光，若隱若現只餘一線；輕波搖曳，引領穴隙最後一絲寒光，冷冰燭火，照亮洞壁濕潤紋理。

歲月在岩石上雕琢，浪花潮起潮落中輕敲。壁心頑石，敵不過波濤的耐力；千萬年過去，岩層削開，海洞深處孤獨的石頭，遙望洞外滔天狂浪，迎來一群探洞稀客。

秘洞幽藍，隨波光粼粼，或明或淡；光之雕塑，如霧、如夢。

日本大文豪谷崎潤一郎著《陰翳禮贊》，論所謂美不在於物體本色，而在其陰翳明暗。

古時沒有一室光透的電燈。谷崎潤一郎說，日本的寺廟與居室，設計簡樸，淡淡日光反射庭院中微風輕拂的細葉，微光閃爍不定，透過紙門，沁入牆壁，美與不美「完全取決於陰翳的濃淡，別無其他秘訣」，就算居室中設置花藝，也只是襯托一室陰翳與微明；居室之美，無非源於柔和而微弱的光線。

谷崎潤一郎酷愛漆器，今天不流行，因其深沉顏色，只能於舊時黝黑居室燭光下的朦朧微光，才能現其美；他認為，畫師在漆器上塗上泥金，必然想像那是在幽暗燈光才能欣賞到的纖弱韻味；用漆器盛飯，能襯托飯粒晶瑩如玉，閃閃生光，更能刺激食慾，叫人珍惜米糧。

谷崎潤一郎痛心現代人習慣追求金銀閃爍或潔白明亮，結果照明過度，失去想像空間，一眼望穿，蓋過纖細的微明暗語。

時間在陰翳中緩步，暗黑絮語呢喃，那方，是另一個世界。

遠在果洲群島最南端，飽受巨浪沖擊的海岸線，有三個相連的海蝕洞，水道穿透岬角

南果洲最南端的「三叉洞」

兩邊，巨浪從兩方湧入收窄的水道，只有盛夏數月偶爾風浪稍息時，才能穿洞而游，進入曲折幽隱的暗黑世界。

「回流洞」之名，可能源於水流飄忽，海水來回推撞，洞穴高而狹長，洶湧狹窄的水道僅夠一人泳渡。洞外微明，勾勒煙波石紋，浪峰澎湃，激起迴聲轟轟。奇幻異境，香港竟有這樣的地方。

回流洞轉角，有另一海洞名曰「三叉洞」，三個洞口由一個「丫」型水道相連，蔚藍天空映照洞口波光，安靜與沉穩的藍，擦亮了洞壁青綠的頑石與赤紅的海藻，洞口微明，引領你回到安全的淺灘。

馳名的西貢大浪西灣外海也有異域，海心兩島，遠望似頂著肚腩躺平在狗屋上的史諾比，有人戲稱 Snoopy 島，正式名字，一為尖洲，一是大洲。尖洲確是尖，大洲卻不大。

看似平平無奇的大洲，有一個貫穿島心的隱秘海洞，叫「大洲眼」。西邊洞口，在海岸一處礁石開裂處，甚不顯眼。探頭張望，洞內漆黑一片，浪聲隆隆，迴聲震耳，甚是嚇人。平常山客必會止於洞口，因為看不見盡頭，不知水深，而且步進洞內，竟然有大浪迎面湧至。

狹窄的「回流洞」，
僅夠一人泳渡。

領隊一聲令下：先靠右走，避開水中大石，然後跳落水游！

穿著助浮衣，跳進洞穴裏的大浪，迎著一片漆黑艱難前進，只有前方防水電筒閃爍不定的微光引領，然後又一巨浪沒頂，如此境地，仍能安於不安，泅泳前行，全憑海洞專家引領。游了兩三分鐘，終於看見一絲微明；拐個彎，洞穴開闊，水浪平緩，另一方洞口正對大海，浪濤沖擊出高二三十米的破口，恍如大洲的巨眼。

探望水底，幽暗的綠，一群黑色魚兒悠然小休。微光中，筆直的洞壁，泛著淡淡的紫，刻劃浪花與岩石的搏鬥。

如果前路是一片漆黑，我們就要學懂欣賞幽暗中的微光。

貫穿大洲之「大洲眼洞」

無垠

海岸線的長度應如何計算？我在鶴岩洞內浮沉時，想起了數學家 Mandelbrot 這著名問題。

清水灣半島對出，有一個叫青洲的小島，島上的「鶴岩」，有據說是全香港海岸最長最深的海蝕洞穴。洞穴有多長？同行的朋友莫衷一是，似乎未有人認真測量過，最少四、五十米吧。洞穴深得漆黑一片；在海浪中游到盡頭，有點累。

鶴岩奇特處，在洞內有洞，主洞內有兩個「支洞」，呈K字型，其中一個海洞，與海浪的衝擊呈相反方向延伸，真不知道是如何侵蝕出來。

曲折的海岸線，風高浪急，人跡罕至；岩隙之中掩藏新世界，轉角就有新天地。

香港的海岸線有多長？原來這個問題不易答。碎形幾何學之父，數學家 Mandelbrot 提出「英國的海岸線有多長」這問題。簡單問題，有美麗答案。

量度海岸線長度，立即會遇上具體問題，例如岸邊有一條狹長海溝，海溝的長度，應

否算進海岸線長度的一部分？還是只算海口部分那三兩米？

又例如，鶴岩洞長幾十米，深入岩壁，算不算海岸線一部分？那些更幽深的支洞，又算不算海岸線。再探下去，洞內有洞，越來越窄，人不能走，但蝙蝠能飛、蜉蝣能闖的小隙，又算不算海岸線的長度？

岸邊一彎潮池，我們一步跨過，算是一米長度，但對招潮蟹而言，每塊巨石每條石隙，都是悠長的海岸線；在小螺的世界中，一塊礁石的曲面，都是一個避風港；藏於暗處的食肉菌，一粒沙就是一個世界。

數學家的答案：海岸線有多長，視乎你手上的尺。你手上的尺越長，量度出來的海岸線越短；如果你的尺夠精細，海岸線的每個彎道、石隙上的每道裂縫、每一粒沙的弧度，都能量度進去的話，海岸線趨向無限長。

香港的海岸線有多長，就看你抱著甚麼心情、代入甚麼角色、看得有多仔細。如果要為這海岸線說一個長度，我會說無限。

大退潮

大潮退時份，大嶼山西南極雞翼角，連島沙洲漸露。

水退時，才知道誰沒穿褲子在游泳，股神畢菲特說的。

退潮時，有很多大海微物野外露出。香港西極，大嶼山西南角無人地帶，有一個小島叫雞翼角。此島本來平平無奇，在水中央，惟於天文大潮大水退之時，大海會露出連島沙洲，連接看似遙不可及的海心孤島，人們可「蹈海」到彼岸，加點想像力，就是「摩西過紅海」了。

遙想出埃及記的那天，摩西帶領猶太人逃離法老魔爪，前面是茫茫大海，而後有追兵，潮退時露出連島沙洲，摩西帶領族人輕鬆走到對岸。逃亡的厄困中，歷劫多番本屬日常。當他們安頓於流奶與蜜糖之地，這次不凡的旅程口耳相傳，假以時日，回憶與創作交融，時間愈厚，細節愈豐，故事愈來愈奇，潮漲阻隔追兵變成大水淹死敵人，天文現象變作上帝顯靈，回憶編織成故事，化為傳說，變成歷史。

不過，等雞翼角連島沙洲露面，可能要比摩西多一點運氣，要等大水退到零點三米的日子，才能輕鬆蹈海，但潮水大退多在夜間，甚為不便而且危險。船家說，全年一般只有七月的潮汐，大退潮在日間，而且退得夠低，才有機會一遊。

藏於海底的微物，大退潮時會罕有露面。當然不要期望這裏有很多蚌、蠔、青口、狗爪螺。香港的吃貨很專業，他們會把握潮水大退的日子，將肥美的生命掃於微時。

倖存小景，是灘邊一叢叢淡紫色的東西，一枝枝軟中帶硬，在潮浪邊輕拂。熟悉生態的朋友說這是柳珊瑚，活於水底。這一帶水域在珠江出海口，水質混濁，平日無人在此潛泳，我們只能在潮水退盡時驚鴻一瞥，一年才露面幾小時，夕陽中的淡紫色軟珊瑚在風中輕蕩，每一次相遇都是奇逢。

灘岸邊，看到這一幕。一小尾不知名的魚拼命迎著浪花衝上岸，在岩灘上掙扎，下一重浪花又來，小魚沒有順著大潮回到安舒的大海，反而躍到岩灘深處，牠是頭腦錯亂了，還是想挑戰自己作為一條魚的宿命，抑或是想跳到前方的小潮池內，與朋友相聚？

潮水盡退時，
露出連島沙洲，驚鴻一瞥柳珊瑚。

退潮後岩灘上一個個潮池，池中魚蝦蟹偶遇，做幾小時的朋友，轉眼又會在波濤中各散東西。

荒涼的海岸線，以為是無人之境，卻總會碰到釣魚翁、挖蜆人、捉蟹高手。看他們拿著一個大網袋，滿滿是蟹，他們如何捉的？

「那些蟹，叫盲蟹！」捉蟹人道：「它不盲，是牠以為我們都盲，所以就叫牠盲蟹！」

有些蟹，以為自己一身掩護色完美無瑕，大動作速逃反而惹人矚目，索性定住不動。牠們有時躲在石隙中，露出半身，泰然自若，以為有保護色，別人看不到牠。人蟹對望半分鐘，我明白了俗語「扮蟹」的意思：習慣偽裝，掩飾成為生活的一部分，但手法拙劣。

靜下心來，忽聞四處頻密而微細「嗞嗞」「嗟嗟」聲，靠近礁石細看，原來每顆砂石上都有小海螺、寄居蟹；海藻上，滿是微小蜉蝣，繁忙喧鬧，一沙一世界，一片苔蘚，就

是他們的森林；他們快速巡行，繁囂如瘟疫前的旺角，那些噠噠聲，是牠們的細語聲還是腳步聲，分不清。

夕陽西下，潮漲開始，請蹲下，細看海水的腳步，你能看見潮水以秒速五毫米，重新進佔土地；看見太陽與月亮在拉扯、地球在呼吸。

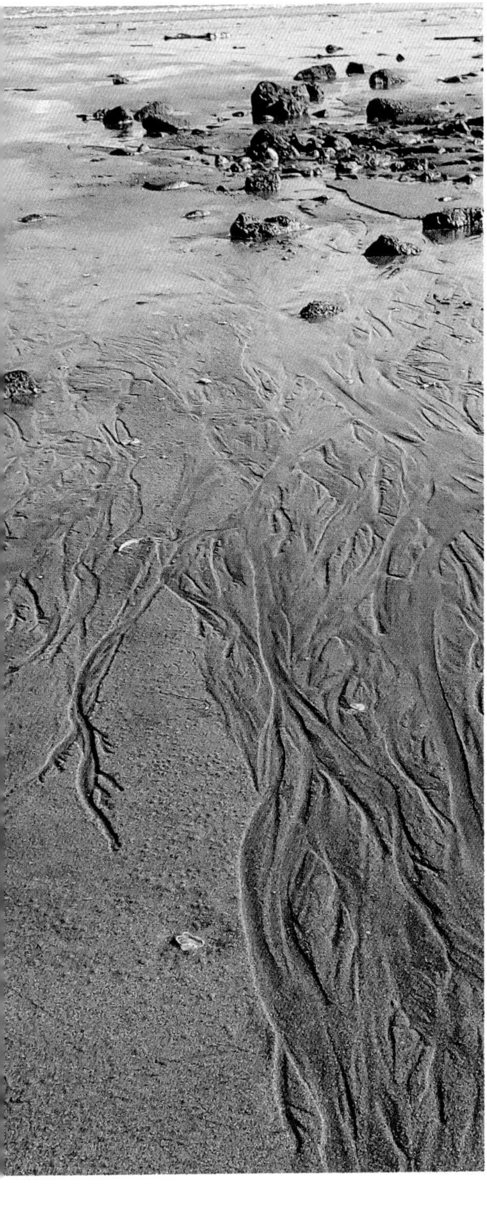

亂流

警告：以下為高危活動，必須擅泳、擅攀爬、穿助浮衣，全套安全裝備，選擇天氣良好的日子、水靜及背風的海岸線，並由有經驗人士帶領。

這群人有怪癖。

他們遠足，不依正路，每個半島盡頭的岬角與「嘴」都要遠征一次；只要看到大海中有個露出水面的岩礁，哪怕只是方寸之地，甚至大浪滔天之際，也要踏足，宣示主權。

凡事都有一個演化過程，人又總是活得不耐煩。平常山徑行得多了，要走無路之路，於是溯澗；渴望獨享無人之境，於是沿海邊岩岸攀石「緬邊」；但有時遇上峭壁險阻，勉強爬石太危險，無法前行如何是好？不複雜，大海任我游，路是游出來的，索性連衫褲鞋襪防水背包投身怒海，穿過岬灣，游過峭壁高崖，彼岸就在不遠處，還可沿岸探索天涯海角的隱秘洞穴、天險阻隔的荒島嶼排。

泳緬（coasteering），即是沿岩岸潮間帶「緬邊」，合遠足、攀爬、游泳、浮潛、探海蝕洞於一身，沿路可隨時跳海降溫，酷暑季節最佳活動。但你要穿著助浮衣濕身濕鞋去爬山、腳踏澗水鞋揹起防水背包去游泳，水陸兩棲，遇石爬石、遇水過水，瘋狂野性，非正常玩意。

第一次在波濤洶湧岩岸邊跳進海裏，雖然已備助浮衣、潛水鏡、厚手套，澗水鞋，仍然心驚。大海與水池不同，深邃不見底，水壓似要壓破你肺葉、奪去你呼吸；再看驚濤拍

破邊洲水道旁的「孖洞」，崎嶇曲折海岸線，常見洶湧大浪。

所謂「泳綑」就是沿海岸線攀爬及泳渡，遇淺灘巨浪特別要小心。

岸，浪高浪低，如何游到對岸？

泳綑時，常要游「渡海泳」，你設定了目標，要到彼岸，看似風和日麗、水波不興。當你跳進大海，想游向某小島，奮戰一輪，卻往往發現，為何目標從無接近過，甚至越游越遠？曾見過山友在海中奮力泅泳，游了十來分鐘，卻不進反退，結果筋疲力竭，未受真正考驗，已經白白消耗了大半體力。

為何如此？因為大海有暗湧，它觸不到、摸不著，但無處不在，你被它包圍，無法擺脫。身處暗湧當中，怎麼辦？沒有捷徑，首先要練好自己本領，泳術要精、有心有力，才接受挑戰，否則容易一下子就被沒頂窒息。故此很多泳綑人縱使擅泳，每年夏季也要先「練水」，鍛煉體能迎接大海挑戰。

下海前，觀察海流暗湧，參考錨定船隻船頭的方向，知悉水流，選擇適當跳海切入點；在大海中要時刻留神，調整方向，以耐力體力智力，借力海流暗湧，才能到達目的地。當然也要做足安全措施，穿助浮衣保護自己；同時減少羈絆，心無旁騖，才能專心一意。

常見很多人毫無準備，強勁暗湧來到，只能在怒海中苦苦掙扎；有些人陷於暗湧之中，身不由己，流落遙遠而不知名的角落，驚懼中迷失，方寸大亂；有些人在激流浪花中找到波濤不興的一角，牢牢抓緊，從此安於現狀，放棄目標；有些人等待暗湧轉向的時刻，當然那是奢望。

暗湧轉化成滔天巨浪時，又如何自處？首先要進一步裝備自己，除了助浮衣、要有手套、防滑鞋、長袖衫褲、泳鏡呼吸管。浮潛用的面罩及呼吸管很重要，因為能讓自己在亂流浪花中睜開眼，看清楚周遭礁石，不會被浪湧撼頭埋牆；有呼吸管，能令你在洶湧波濤中就算大浪沒頂，呼吸仍能保持寧定。有了這些基本裝備，縱使潮浪蓋頂，你仍然能安然浮沉、順暢呼吸；亂流之中，保持心境澄明，且讓自己安歇於浪花之中，等待。

亂流下平安，有幾點心法：

上善若水：大浪比暗湧好，因為看得見，大家有警惕。有時站在崖邊，看驚濤擊岸，甚是嚇人，若然你處身海中心，四周沒有礁石淺灘，又身穿助浮衣，戴上浮潛鏡，你會發現巨浪不可怕。緊記不要與大海搏鬥，想像自己是波濤中的小水滴，一同漂浮，不爭一時，不虛耗體力，白浪掀天中處之泰然，靜待登岸時機。「上善若水」，不爭，老子教的。

反作用力：若你身處淺灘，旁邊是直壁，巨浪被海床托起，確實會有橫向動力，把你撞向崖邊。放心，保持鎮定，張開雙手保護你最重要的頭部和腦袋。有作用力就有反作用力，打到崖邊的海浪總要反彈出來。如果實在太洶湧，可以先回到深水區，索性一頭栽進海裏休息一會，離開澎湃浪聲，欣賞海底崖邊的藤壺海膽小魚群；浪底寂靜，很快就能感覺到，海浪拍岸，波浪有時上下移動，有時撞上岩壁反彈；人在水中，懶理驚濤拍岸幾多回，你放鬆身軀，浮浮沉沉，最終不來不去，不增不減，悠然自得。

難道這樣隨波逐流，可以到達目的地？當然不會。最考功夫是如何於駭浪翻波中，避過岩岸淺灘及狹窄海洞壁的藤壺、蠔殼、海膽與尖石，安全上岸到達目的地？

順勢而行：探洞一刻，狹窄水道兩邊是鋒利甲殼；淺灘上岸時，水底偶有巨石橫亙，一個大浪打來，容易割傷撞傷，都屬險地，不宜久留，如何在澎湃大浪中快速潛行？載浮載沉時，要感受水流與浪花的節奏。大浪來而又往，當與你行進方向一致時，要大力划水，借勢加速，如箭離弦，事半功倍；瞬間之後，當逆浪把你推回頭，也不致失速太多；若逆流太強，不要與它搏鬥，輕抓住水底大石，堅定不退，抵住一會，下一輪順流，很快又來。順流時一鼓作氣，逆流時不動如山，自能快速越過險灘，避免不必要損傷。

無痛放手：波濤激盪，如何攀上礁石登岸？飄風不終朝，驟雨不終日，狂浪也有稍息時。首先找尋岩隙的微細抓手位與落腳位，把握波濤稍歇的一瞬，一躍而上；若然大浪不息，可借力打力，待水位抬升時，讓海水的浮力幫你一把，順勢而上，抓緊石隙著力位，

抵住大浪退落時的拉力。跨上島礁後，記緊昂首站直，減少身體受力的面積，就算再有大浪來襲，也不會把你擊倒。

若攀爬時抓不緊，又或不敢巨浪衝擊，切忌死不放手，因為你身軀會被大浪在滿布蠔殼的石壁上拖行，見過最慘烈的皮開肉爛都因此而起。如果浪太大，跨不上，就順勢放手，用腳大力一撐，讓自己倒進大海的懷抱，從頭再來，那是最理性的選擇；累了，讓自己在浪花中稍息，時間在我們一方。

身處滔天巨浪，每一步都只能靠自己，亂流中無人能夠落水助你一臂之力，心理狀態的調適，也沒有人能幫助你；多練習，鍛煉敏鋭觸覺、壯大心靈，嘗試在亂流中平安站穩。

人們說，綑邊很危險，其實酷暑中遠足也危險，因為中暑會死人；沙灘嬉水也很危險，因為會畀雷劈；落街買餸會感染新冠，安坐家中有海嘯，提筆寫字則橫禍飛來。置於險地而後生，是新時代的課。

第二章

我在香港旅行，那個無人之境叫花山

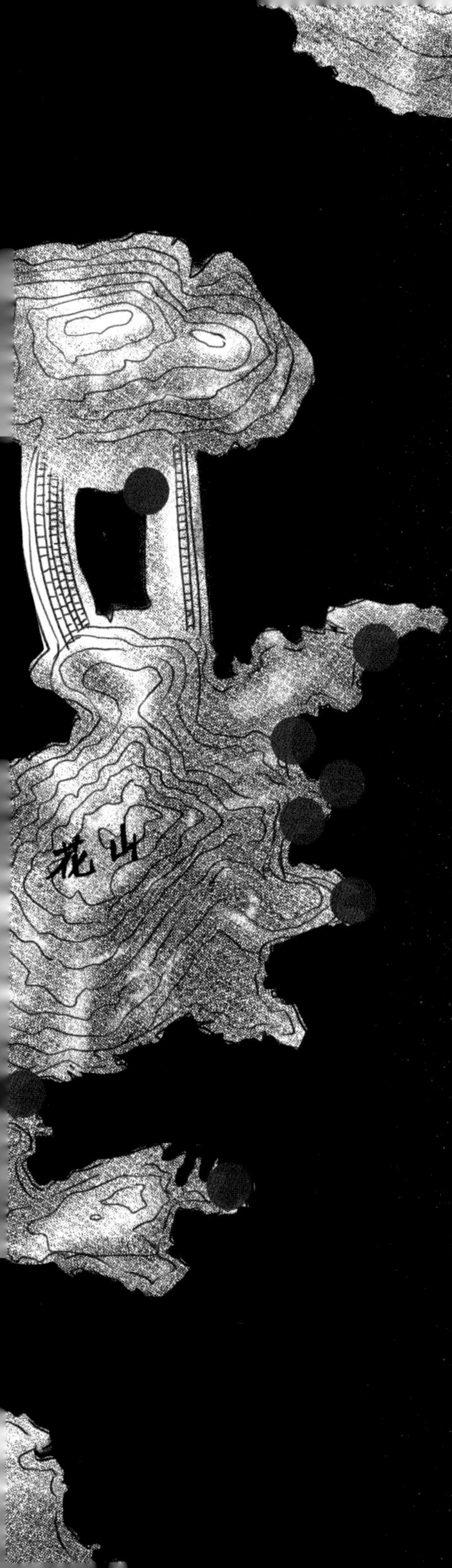

警告：花山岩岸沒有路，遠足經驗淺者、畏高者、不擅攀爬者、密集恐懼症患者（有人見到潮間帶密集藤壺會暈眩作嘔）、穿高跟鞋者（我真的見過），絕不適宜。此地位於萬宜水庫糧船灣洲南岸，相對安全的遠足路線，可由白腊起步，遊木棉洞，沿地圖上標示的山徑走往萬宜東壩，可於高崖頂遠眺岩岸。但山上部分路段不易行，亦貼近懸崖，請千萬小心。

秘境

盤算了好久，看準了天氣、計算好潮汐、待風浪減退、約行山經驗豐富的朋友同行；參考了網上僅有的圖片、從谷歌地圖看清楚地形。

闖花山岩岸前一晚，我失眠。這大概是小學三年級，學校大旅行去太平山頂以來，從未試過的事。

非常興奮，但又怕危險，怕累及同行的朋友。

大約十年前尋覓花山路線時，像發現新大陸，香港地小人多，不是所有荒野老早已被人踏遍嗎？為何這處「千柱海岸」和「萬柱海岸」，甚少人提及，而且網上資料不多、只有零落的指路線索？

是政府營造了錯覺，令人以為萬宜水庫東壩那些人造景點就是「中國香港世界地質公園」的主菜？於是人們就擁抱假象，停止探索，滿足於東壩的柏油路上打打卡？

是因為海岸被高崖環繞，入口太隱蔽？你要翻過鐵欄、踏盡長灘、在潮水浪花底下，

為了趕上大退潮，我們清晨從東壩出發，對出小島是破邊洲。
巨浪在岬角破開一道狹縫，露出高聳如風琴的六角柱石陣。

找尋一塊會令你腳板盡濕的踏腳石，才能攀過臨海崖壁，開啟秘境大門，於是人們就有千百種理由走回頭？

難道是因為太危險，為了他人生命安全，避免純真的山客自陷險地，知情的人自我約束，守口如瓶？

也許，此乃香港山界的秘密，知道的人會自覺保持桃花源的純淨，不聲張、不書寫？

還是，此地根本毫無特別之處，只是因為是自己踏破鐵鞋，得來不易，於是自封聖地，吹奏得把自己都騙倒？

我相信，以上皆是。

初見

不知道「花山」名字來由，花山沒有花，只有浪花、潮池、高崖、石柱群。

花山美景，是我發掘出來的（自以為），犯險玩命，歷盡艱辛，才找到路，所以也是最美的（不客觀），喜歡一個地方，不要叫我中立持平。

如果西貢是香港的後花園，花山是後花園裏的秘境；花山岩岸，則是秘境裏的隱世寶地。石柱群深藏峽灣，高崖守護，閒人免進。

邂逅花山，純粹巧合，也許實屬必然。大路山徑都走過了，有天打開地圖，想找尋人跡罕至的荒野，偶見西貢糧船灣洲有個木棉洞，沿南岸走，高崖之上眺望，腳底下，嶙峋巨柱矗立，錯落有致，拍岸波濤雕琢，氣勢懾人。

老毛病發作，當下對自己說：那一彎海岸，我要去！

那地方叫「花山下」，沿岸皆是峭壁，億年巨柱風化碎裂，海邊浪花激盪，地圖無路、網上線索說不清，如何闖過去？生命誠可貴啊。

隱秘石柱群深藏峽灣巨浪中，如何踏足這條海岸線？於是開始尋路之旅。

錯覺

有些事情要先搞清楚，香港有一個聯合國教科文組織認證的「國際級」地質公園，那裏一億四千萬年前是一個超級火山，地貌主角是熔岩凝固後的六角柱石。這個地質公園在甚麼地方？

政府網站中，地質公園「景區」（這用字感覺醜陋）散布西貢沿岸及外島，而排在顯眼位置，平時人潮最多、常見的士宰客的六角柱石景點所在，就是大家熟悉的萬宜水庫東壩。

官方介紹東壩的「岩柱聖殿」、「S型扭曲石柱」、「官門遺洞」等地，成為遊人必到打卡點，遊人也許注意到自己身處萬宜水庫範圍，但未必察覺，眼前景觀大部分都是建水庫時開山爆石炸出來的。

東壩南端有一個解說牌，官方說明謂，這些六角柱石其實是萬宜水庫興建時，為了採石築大壩，爆破山體後留下的礦場石坡，「因而敞露出宏偉的六角形岩柱，其規模之龐大，令人驚嘆不已……」

所以，這個地質公園熱點是人造的，經人工「破壞」開山劈石留下的副產品，工程移開了植被，把山頭炸得稀巴爛，才會出現一排如此整齊而巨幅的六角柱石。

解說詞沒有講清楚，類似的六角柱石群，天然存在於西貢沿岸與外島，那方的驚天石柱不是機械開挖，而是自古以來，一直陡立海邊，與波濤對決，抵受歲月的磨煉。

官方說詞沒有告訴你，最美的一段，就在轉角不遠處。官方只告訴你，那裏只宜乘船遠觀，不能登臨仰望，因為岸邊沒有路徑沒有設施。

因為很危險。

東壩以外，才是天然的石柱群。

東壩的六角柱石，其實是建造萬宜水庫人工爆破時敞露出來。

險地

遠足的意外有很多種：中暑、墮崖、被落石擊中、被海浪捲走。花山海岸，各種風險齊全。

花山岩岸第一誡：切勿獨行或二人行，此地崎嶇險要，沒有無線電話訊號，求援困難。

二〇二二年四月八日，一名獨行女子被發現倒斃於檢豬灣，「護龍瓜」旁一處高崖之下，頭部有傷痕，警方相信女事主行山時由高處墮下。

二〇二一年十一月二十八日，多個部門於木棉洞一帶海陸空搜索，尋獲一名獨行山客遺體，該名男子兩日前向家人表示會由白腊灣往木棉洞，當天失蹤。

二〇二〇年四月九日，一名女士於花山沿岸被稱為「柱石壁」附近墮下，據目擊者稱，該處懸崖滿布碎石，懷疑碎石抓不穩，死者連人帶石掉下海邊。

那年某日，我們初探花山海岸，也來到同一處崖壁，如果你沒有防水袋又沒有助浮衣等泅泳裝備，繼續前行的話就要爬石，陡壁上有些很淺的腳位或可供高手攀爬，但長年風

此圖左方石壁曾發生致命意外，有山客試圖緬邊爬石時墮下死
亡。遇到險要石壁切勿嘗試攀爬。

化致石塊碎裂，外表或者看不出，一踏上去，就會連人帶石掉進海裏。我們判斷這處峭壁無法逾越，綑岸路盡。

而今問題在，你是沿岸原路返回，還是找一處較平緩的斜坡，直爬到崖頂的山徑？原路返回，萬分不願意，是本人死穴。於是我們不知好歹，找了一幅看似不算筆直的岩壁手腳並用攀上去。走了幾十步，卻發現坭石皆鬆；路險人稀，可能根本沒有人攀過，只能一步一步試探前行，以防腳踏不穩，更要提防落石擊中下方的同路人。上山不容易，落山更困難，估計爬了五分一，回望已無回頭路，只能硬著頭皮，小心翼翼，幾經艱苦，腳震冒汗，終於爬離險境。

踏上崖頂一刻，恍佛由地獄回到人間，只想舉杯慶祝。這條路登頂，絕對是錯誤選擇。

後來，有攀岩高手帶著繩索，要到此地攀石，我鄭重警告，絕對不能沿任何陡坡攀爬到崖頂。

重要的事要重複：**花山岩岸第二誡：絕對不能沿任何陡坡攀爬到崖頂**。

他們沒有聽從勸告，抵不住誘惑，還是攀石到崖頂，由於石層不堅穩，繩索無用武之地，他們最後活著回來，但「這是一世人最驚險的一次」。

花山岩岸第三誡：前路若有險阻，緊記回頭是岸，原路返回，不強行、不上攀。

旅途上犯險，多屬自找麻煩。難得美景，為何不多走一步？多一步、再一步，爬多一步、踏前一步，明知深入險境，卻不願放棄，結果往往回頭無路。一小步、一小步，自然而然，愈陷愈深，習慣了恐懼而無懼，忘記自己正犯險前行。無限風光在險峰，也可能萬劫不復在眼前，從起步一刻，應該清楚明白。

滾石灘

花山海岸的滾石灘

「秘境」二字，是網絡潮文神技，用來「欺騙你的喜歡」（即「呃like」），「秘境」一出，點擊率保證。

吹噓某處是「秘境」，應該至少符合一些條件，例如確實是無人之境、有動人景致、可以讓人安靜地坐一個下午、還要有家的感覺，不斷重臨都不會生厭。

花山的秘密花園，入口處叫「檢豬灣」，有點土氣，行山發燒友叫它「滾石灘」或「響石灘」，是過路一景，也是目的地，單是此灘我已可以躺平大半天。

這裏有種聲音，能安定心神。

潮聲浪聲之中，走到長灘中段滿是小卵石的海邊，水浪隆隆撲岸，浪花退卻時，沖擦卵石，石頭輕輕互相觸碰，聲音清脆錯落，每次相遇，都有不同的餘韻，環迴立體，灘頭迴盪。

有一次，我們在滾石灘擲石，瘋狂嚎號，把憤怒填滿大海，直到筋疲力竭，累倒灘上；直到六角柱石壁餘暉漸淡，告訴我們是歸家的時候。而大海沒有動容，潮汐依舊，浪花如舊。

有一次，我們在卵石灘讀書，談到自由的苦楚，往日的自由很廉價，真正的考驗才剛開始，自由與真相總是與痛苦相伴，「求真與尋找快樂不是同一回事，你渴求真相，當你見到時，你不能逃避伴隨而來的苦楚，否則你根本甚麼都沒見過。」一行禪師的話很真實。

有一次，我們看著六角柱石壁的熱力把水氣蒸發半空，水滴聚成雲朵，電荷激發閃光，大雨轟然落下，我們無處可逃，渾身濕透在陡壁旁淋雨，希望避開雷電直劈。

更多次，我們躺在滾石灘，靜聽浪奔浪流響石滾滾，甚麼也不做，甚麼也不想，就讓時光在水浪隆隆中溜走。

還有一次，十號風球過後，暴風把滾石灘的垃圾全部吹走，把發泡膠磨成微粒，送到層層六角柱石上，盛夏灑初雪，天地增添色彩。

檢豬灣的水流，有時會把海上垃圾沖上岸，據說「檢豬灣」之名得於久遠之前，海流把一頭豬沖了上岸，人們在灘岸檢到一頭死豬。典故難查真假，但難忘一次，就在我們慣常呆坐的位置，發現人型肉色疑似屍骸物體，倒臥灘上等我們。

美景也有驚慄時，我們走近一看，是一個真人大小、全身赤裸的人型嬌娃。

潮汐門

滾石長灘路盡處，有一彎柱石壁，崖底淺灘，常有大浪拍擊，一般人看不出有路，遂止步回頭。

有山界前輩稱淺灘為「護龍氹」，一潭水浪嚇怕來犯之人，護住了後方一連串以「龍」為名的景致。

「護龍氹」是一道潮汐門，只在潮退時打開，當水位下降，六角柱石於幽深一角呼引，無路之路顯現，露出幾個踏腳位，就是通往奇境的秘道。

這條路，由潮汐守護，只有當水位低於約一點二米，兼海浪不洶湧的日子，才可以安然步過護龍氹，沿濕滑的礁石攀爬兩步走進新天地。不要高興得太早，犯險者要留意漲潮時間，假如流連忘返，潮汐門再次為海浪所封，你會被困荒涼岩岸，或許要冒險涉水或攀上懸崖高處尋路回家，都是高危動作，切勿令自己走到這一步。

花山岩岸第四誡：設計行程時，必須參考潮汐預報，非大潮退切勿闖關。

護龍氹：一道直壁擋住去路，潮汐之門只於大潮退時開啟。

城市人絕大多數對潮汐無感，我們關心溫度濕度，晴天雨天，今天穿甚麼衣服，帶不帶雨傘，誰會留神潮汐高低？看天文台的潮汐預報，潮水漲退一天兩次，幅度有高有低，每個月都不一樣。

影響潮汐的因素甚多，最直接是太陽與月亮的重力及方位，海岸線的形狀、海牀深淺、氣壓、風向、風速、颱風方位都有影響。古代的海戰，若能洞悉潮汐規律，順流而行，可加快行軍，或潮漲時抄淺灘捷徑奇襲。小時候讀自然科，大家都知道當月亮、太陽與地球連成一直線，即大約初一與十五，月缺月圓時引力最大，潮汐起落也最大；但那時總有不明白之處，地球面對月球一面的海水漲潮了，為何背著月球一面的海水也會漲？

想像一個紮著馬尾辮跳芭蕾舞的女孩，她在轉動時，背後馬尾辮也會揚起，這是離心力的作用。

自然史作家 Aldersey-Williams 在《潮汐》一書中說，人類對潮汐的認識，大大落後於其他科學，究其原因，古希臘的學問先鋒，擅長觀測天文地理，卻出奇地毫不關心潮汐。

原來希臘所處的地中海，可視為一個巨型內海，潮汐漲退幅度本已不大，加上潮水碰

上陸地，來回激盪，規律更難捉摸。既然難以研究，又不影響航海安全，遂少人關心。直至中世紀遠洋航海技術主宰世界，多少場海戰因為潮汐定生死，才開始有科學家認真研究潮汐規律。

我對潮汐的興趣，源於要尋找隱世秘景，香港好些懾人海岸皆隱於高崖峭壁後，攀爬太危險；但你可以看準潮退時份，水位低落時，避開驚濤駭浪，輕鬆跨進無人之境，獨享壯麗風景。但闖關之前要做好功課，參考潮汐預報，看清楚潮汐大開中門的時段。

美好的事物，都有時間限定。

潮池

越過護龍氹，眼前就是一個巨型的潮池：十字溝。

花山岩岸，有最美的潮池。海蝕平台上，縫隙窪地留住一潭碧水如鏡，映著天藍，凝望黃昏暗淡的雲采，澄明、安靜。

潮落時分，浪花稍歇，潮間帶的小生命，難得一刻清靜。小潮池中，有珊瑚魚、小蝦、小海螺、海膽、海參、海星、寄居蟹、花綠綠的蟹。

天地間的微物，潮池中相知相交，小生命也許曾經輕輕觸碰，擦身而過；也許相互廝纏，愛恨交織；也許相遇不相知，沒有可歌可泣的故事，都只是天涯過客。潮落潮起，只是幾小時的光景，水漲浪高，淹沒灘頭；一瞬間，潮池消失於大海，小生命離散，復浮沉於波濤水花之中。不久以後，又一次潮退，一個新的潮池，一次新的相遇。

循環往復之間，這個潮池不一樣，我們也許沒有時間相認，還未知道你是你，我們明白時間有限，沒有空寒暄。這潮池內，我們發揮小宇宙，笑過哭過，耗盡全力，無愧於心，沒有辜負彼此。巨浪無情，準時淹沒一切，我們來得及狂歡起舞，來得及深情擁抱，來得及痛哭一場。

美國作家斯坦貝克（John Steinbeck）曾寫道，請試試把目光從海邊潮池，移向天上星辰，萬古長空的智者們，看透大海的熒光藻與閃耀繁星與無垠宇宙，時間扭帶牽連，悟

六角柱石海蝕平台上的潮池。

道萬物同一。

我未有機會於夜色中凝望潮池中星宿的倒影，但在日間，常見驚濤喧囂岩岸邊，潮池的幽藍靜水映照天上雲圖。

小說《雲圖》的故事，講述不同時空，一代又一代人，重複著追求人世間不可得的奢侈：克服心魔，渡萬劫苦厄，擺脫壓迫，追尋自立自主。其中一個故事，發生在文明衰落後，活在未來野蠻部落的主角，歷盡艱辛後仰躺輕舟，看見天上的雲：

「我在小舟上盯著天空的雲，靈魂穿越時代，有如雲朵劃破長空；雲的形狀或大小不會永恆不變，但雲朵仍是雲朵，靈魂亦如是。又有誰能說，雲朵從何吹來，那靈魂明天又會歸於何方？……」

風起潮漲，巨浪無情，這時代有太多的離散與告別，請不必驚懼，終有一天，我們會在某個潮池，再次相遇。

潮池的秘密，很多人知道。這天，花山岸邊，小舢舨趁大潮退靠岸，漁民把海膽、海參、海螺和花蟹一一檢走，好味。

縱使不遠處巨浪倒海翻波，潮池平靜地反映天上的雲霞。圖為小龍潭旁的潮池。

浪花

歷史學家貢布里希說過：「新事物層出不窮，而我們稱之為命運者，無非就是在波濤中一次起伏裏，我們在擁擠的小水滴間的搏鬥。」

聚散無常，生命如浪花躍動，瞬間回歸大海，杳無餘跡。如果你是一滴水，既能有機會在時間長河中探出頭來，總要努力張望、奮力搏鬥，在水浪之間一探究竟。如果你是一位歷史學者或一個記錄者，你會希望凝住那些奮力躍起的小水滴，看清他們的光芒，聽聽他們的呼號，在翻騰巨浪瞬即淹沒他們前，記下點滴。

如果你是一個愛自然的人，你可靜看藤壺在浪花裏羞澀地伸出足鬚，捕捉海水的味道，或在曲折的海岸線上，細心觀察潮池中的魚蝦蟹，海葵、海兔，和一切微物。

如果你是一個愛吃的人，你會見到海邊都是紫菜與海蜇，見到海膽會問是否美味，見到礁石上肥美的蠔，會後悔忘記帶開蠔的錐刀。有人帶齊了工具，一口一口生蠔啜進肚裏，才發現蠔殼剩下一條蠕動的蟲。

護龍氹往上攀，要翻越龍脊岩，此岩脊滿布碎石，切勿嘗試沿脊上山。

越過龍脊岩後，見崖邊有一深藍色，深不見底之水潭，名為小龍潭。

如果你是一個愛攝影的人，也許你會揹著沉重三腳架與遠攝鏡，捕捉藍光藻的迷幻魅影。有一個月全食的夜，我給自己一個好理由夜遊木棉洞，地球的影子把月影染紅時，海濤擊岸，藍光藻的幽暗波光隨浪花明滅，如海上的極光劃破長灘。月全食下「藍眼淚」閃爍，你道美不勝收，卻原來藍光藻太多會耗盡海水氧氣，成為殺魚污染物。

潮池不一定美，對於被困池中的游魚而言，潮池水太淺可以致命，海水容易被艷陽加熱，變成一鍋魚湯。大潮漲時留下的水池，如果地勢略高，下一輪漲潮沒法接通海洋，潮池中的生命將要缺氧或餓死，被蒸乾的潮池會發臭。天地不仁，懶理眾生禍福。

Steinbeck 觀察被困潮池中的魚，發現牠們有不同的應對策略。雖然大海近在咫尺，有些魚會躺平，長年的演化規律，令牠們盡量減少體力消耗，靜待潮漲把牠們帶出生天；有些魚察覺勢色不對，會拼命掙扎，奮力一搏試圖擺脫困境。

多數悲劇結局，但總算轟烈一場。

再翻越一個岬角，就是瀑布岩，地質公園其中一幅最高的六角柱石壁

一灣之後，海蝕平台被大浪沖出幾道深溝，六角柱石微彎，呈灰黑色，
此處叫龍爪岩，又名抽象畫廊，常有大浪，退潮時也崎嶇難行。

再往前行，部分巨石難以攀爬，就算是攀石高手，亦應於此原路返回。

萬柱海岸乃另一奇觀，六角柱石雖然相對矮小，但拾級而上，視線所及延綿不斷。

萬柱海岸有一海蝕洞「花山下洞」，
大浪時分，海浪衝擊，洞內迴音如雷鳴。

再往前走是黃鮎灣，灘背絕壁如一排積木。

警告：萬柱海岸一帶，沿路有海洞及懸崖阻隔，不能沿「龍爪岩」向南綑岸到達，只宜乘船登岸或泳綑遊。部分遠足應用程式之地圖標示崖頂山徑有路通往萬柱海岸，但此路甚險，非常人能駕馭。

註：名字的由來

花山岩岸的一灣一溝一懸崖，原來早有前人為他們命名。

一向不太喜歡為每個小丘、每塊奇石「冠名」，有時略嫌造作、有時會限制了想像。但花山岩岸每走幾步，每拐一彎，都值得有一個名字。遊歷多回，日久生情，不想再稱「這塊石」、「那道壁」，「那個海灣」，一幅峭壁一片海岸擁有名字以後，會提醒你注意眼前微物的形態細節。

此章節圖片，整理了西貢糧船灣洲，「花山下」臨海崖邊的美景，附有自東壩起至白腊木棉洞沿海地標的名字。官方地圖，這海岸幾乎全無名字無標記，亦甚少警告標語，可能因為有幾處「天險」，難以逾越。此章圖文的地名，主要出自三本書。分別為山界前輩梁榮亨著的《香港奇異遊》（友晟出版社，二〇〇四）、劉李林所著之《香港海岸洞穴圖鑑》（香港自然探索學會，二〇〇七）及胡蔭全所著之《香港山海柱石奇觀》（Bonham Media，二〇一三）。

再一次警告，本章節所載圖片及所述之地點，雖然全部位於花山海岸，但沒有山徑直通，沿潮間帶綑邊，要爬石、跨過海溝，部分位置就算退潮時仍需要泳渡，否則風險極高。

七重石

堆聚有時，散落有時，何止桑海滄田，連石頭也可以說變就變。

花山海岸繼續往南走，白腊仔有一個「七重石灘」，整個灘都是卵石推砌出來，一層一層越堆越高，有些卵石大得幾乎兩手也捧不起。「七重」，看來是隨便說說的，路過卵石灘多次，我逐層數算，有時是四重、或五重卵石，從來未見過有「七重」。

為何卵石一層層，而且看來四時不同？原來又是潮汐作怪。

不要看輕潮浪的力量，他們舉重若輕，有爆炸力也有耐力，二三十秒一個浪頭，搬動小塊卵石輕而易舉。至於把卵石堆成一層又一層，則與潮汐水位有關。大家可會發現，潮汐漲退有時速度很快，原來變化的幅度在一個循環之中並非一樣，例如由大潮到水退盡的大約六小時之間，中間兩小時的變化佔了水位波幅的一半，但頭尾各一小時只是增減約十二分一的水位，代表著在周而復始的循環中，處於最高和最低水位的時間相對長，七重石灘上的卵石也因此被堆積成一層層。打大風時，巨浪從大洋正面轟擊，碰到漲潮，可以把卵石托到最高處，不斷改變石堆的形狀。

春夏之交的暴雨驚雷過後，七重石灘有異象，有一年五月天，西貢暴雨下了幾百毫米後，七重石灘被豪雨沖出一條河道。原來七重石灘下，圓圓的卵石底，藏住一條地下河，大水把卵石沖開，才露出河道原貌。

卵石堆很厚，暴雨過後，雨水在卵石下流過。躺在大卵石上，不用濕身，看風捲殘雲，聽環迴水聲於背下奔流，呢喃潺潺細語，回到不增不減的大海。

我又發現了一個花山的秘密。

暴雨後的七重石灘，大水沖開卵石，原來石頭下有一條地下河。

疊石陣

花山已經沒有秘密。

從不幸殉山的人數看來，此地已成為冒險尋幽之勝景，往日崖頂小徑，已經走出了通衢大道。俯瞰腳底下雄壯石柱陣的那處高崗綠草坪，是個天然觀景台，如今，草坡快要被踏成沙漠；遭歲月揉碎的六角柱石塊，人們一一拾起，疊成瑪尼堆，於此海角天涯，許一個願，留下一聲祝福。人多了，願望也多，山崗的億年岩石，化作疊疊懷想與思念，人們稱此地「迷你神山」，石塔影子在日月星辰中悠轉。

疊石結構愈來愈複雜，代表人類在此逗留的時間愈長。最近，高崗上的疊石陣驚現拱橋結構，建築師開始研究更穩固的支撐方式。

不過，小徑下的高崖，六角柱石依舊，人們不可能在浪濤洶湧的潮間帶走出一條新路。你只能在鐘擺一樣的潮汐之間，竄進去一窺堂奧，任何足印都會一夕間被太陽和月亮的引力洗擦，不留痕。

我在香港旅行，花山旅程終結，另一個旅程開始。

花山高坡上本來沒有瑪尼堆，走這條路的人多了，便成了疊石陣。

香港最後的荒野

後來，遇上高人。

就在我千方百計在花山海岸的懸崖峭壁中覓路時，有高人跟我說，你這樣綑邊太危險了，跟我來吧。

真正的世界級地質公園景致，從花山海岸一直延伸至整個西貢東岸、甕缸群島與果洲群島一帶，那方岩岸，長年抵受颶風與季風鼓起的巨浪，六角柱石壁險要。眾高人指點下，開始以「泳綑」方式，踏足這些海穴奇石，每條海岸線都有傳奇，無限可能等待探索，香港遠足版圖，忽然大膨脹。

往日乘船經過西貢海岸，岩岸洞穴多被峭壁包圍，難以陸上綑行，只能遠觀，看似平平無奇；換個玩法，跳海游進去，才知道海洞各有型格氣質，頑石相疊，潮水漲退，浪花徐疾，水波或碧綠或幽藍，秘道中有挺拔巉岩有圓潤卵石，洞中有洞，水道又直又彎，都是未知世界，真正無人荒野。

陸上緬邊常遇危石峭壁，勉強爬過等同找死，只能無奈原路回頭；今天若遇上巨壁海洞擋路，只要有足夠助浮、保護及防水裝備兼泳術尚佳，可直接躍進大海，越過險阻高崖。如此遠足方式，回不去了。

甕缸群島一帶的奇岩海洞，其實不算甚麼秘境，香港山海系前輩早已著書立說圖文並茂。吊鐘洲的吊鐘拱門，連同火石洲的欖挽角洞、橫洲的橫洲角洞與沙塘口山的沙塘口洞，統稱「東海四大名洞」，都是小船能穿得過的巨型海蝕拱，早已是外海標記，只因為風高浪急，兼海路遙遠，天氣難測，常人難以登島穿洞。

這些巨大的海蝕拱，都是浪濤轟擊最激烈之處，侵蝕出詭奇地貌，如吊鐘拱門，附近的岬角海溝，水道與海洞幽深隱秘，一彎靜水不遠，已是巨浪澎湃；又如橫洲角洞，附近是馳名的「海上宮殿」，高聳六角柱石崖壁上倒懸，猶如宮殿吊燈；蠟燭洞是一狹窄海洞，洞內浪花飛濺，遠望另一邊洞口，如燭光明滅。探頭水中，遇上清澈玻璃水，幽藍水波與碧綠光影搖曳，透視岩隙中的魚兒，又是另一個世界。

喧鬧大都會不遠，就有如此美景；這地沒有開發、亦不能開發，自有前因。受制於地勢海流，西貢東海一帶的荒島，只能於盛夏吹西南風，海浪稍平靜時，才有機會一探。其餘日子巨浪滔天，又沒有像樣的碼頭、更沒有路，而且石柱陣險要、破碎，若要開路招呼

「四大名洞」之一：吊鐘洲吊鐘拱門。

四大名洞之一：火石洲之欖挽角洞。

四大名洞之一：橫洲橫洲角洞。

遊人，交通、救援、安全、保育等問題難以解決。以商業角度而言，一盤生意一年只能營運三個月，也難以持續。

一直以為是這個原因。

偶然見到珠海管轄的萬山群島如桂山島一帶，同樣孤懸大海，飽受急風巨浪，原來很多小島已逐步開發，有小鎮村落、有採石場、有新填海地；最近更在商議南方島嶼開發大計。天地為我所用，沒有甚麼地方不能發展，一切都是有待宰割的「資源」。

一片髒亂的世界，能保留大片淨土，不是天時地利的偶然，我們要感謝前人的眼界。

世界各地的「國際都會」，都是大平地，沒有多少大城市如香港一樣依山傍水、山巒起伏；城郊之間，只距十來分鐘路程，已是廣闊天地。全世界城市，與香港地勢相似的名城，看來只有巴西里約熱內盧，但里約的山谷盡是貧民窟。

香港的山，「緊鄰海洋，海拔從零拔升，頓然高聳矗立」，劉克襄說，香港的山雖然不高，但勝在位處海旁，山勢更顯峻峭巍峨。的確如是。

常到這方海岸線，悶嗎？不，潮汐有漲退，水流有清濁，陰晴明晦，四時之景不同，浪高浪低亦大異。同一彎海岸，浪花不會是同一種形狀，光影不是同一種顏色，同行的人不一樣，故事不同，心情也在變。

香港山海的險境絕地，可以一直寫下去，直至吊鐘拱門倒下，六角柱石被海浪粉碎。

四大名洞之一：沙塘口山之沙塘口洞。

火石洲「龍宮」洞外尖石。

註：補充資料

西貢外海島嶼如何到訪呢？答案是很麻煩。首先，由於西貢東海沿岸及島嶼風浪大，一般只能於夏天六至九月，香港吹西南風及波浪稍息又沒有颱風接近的日子才能去。這些島嶼，沒有公共交通工具，只能租小艇或遊船，價錢昂貴。近來愈來愈多人划獨木舟去外島，但由於路途遙遠，又要過大海，有暗湧，很多人臂力不支，勿輕易嘗試。本章所談的路段，大部分屬「技術性超五星級難度」，部分地點需要徒手攀石；遊外島洞穴，常要落水沿岸綑行，必須有齊助浮衣潤水鞋等裝備，必須擅泳、擅攀爬，否則易生意外。

第三章

當你見到「請勿前行」的路牌，路就走對了

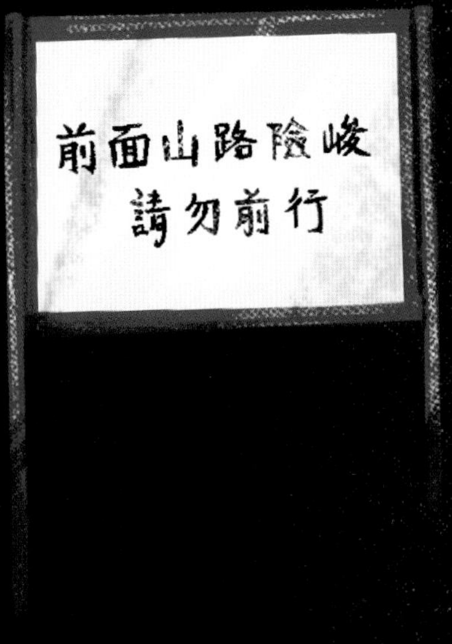

警示

「前面小路附近曾發生致命或嚴重意外，請勿前往。」

在香港山野，稍為崎嶇難走的路，常會見到政府豎起警告牌「前面山路險峻，請勿前行。」

例如西貢赤徑往蚺蛇尖路上，更連亮兩牌：「前面小路附近曾發生致命或嚴重意外，請勿前往。」「往蚺蛇尖的山路非常艱險難行，為閣下安全著想，請勿前進。」如果某處發生過意外就要止步，我們大概只能一生把自己鎖在家裏，不須遠征探險，也永遠不會見到新的風景，沒有人會發現新大陸。幸好，還未有人阻你去路、未有人架起鐵網封山，你要冒險，悉隨尊便。

真的危險嗎？也許是的。蚺蛇尖沙石鬆散，每年慈善遠足，總有健兒狂奔時在陡坡滑倒，扭傷骨折；這是大山的警喻，告訴你蚺蛇尖傲然獨立，它不是叫你來跑的。曾目睹幾十位日本小學生，踏著幾乎比小不點們還高的石階，蹦蹦跳跳輕輕鬆鬆就爬上了山尖。只要有點力氣，選一個秋冬麗日，緩步慢行，踏上蚺蛇之巔，看山海連天，遙望杳無人跡的野地、未馴服的海岸線；剔透寧靜的一霎，曾經擁有，就是天長地久。

當你遇到「請勿前行」的溫馨提示，恭喜你，代表前方風光無限，路就走對了。如果你乖乖從命走回頭，對不起，你錯過了美麗風景，空手而回，等同沒有活過。遵從警示停步，你不止錯過馳名的蚺蛇尖，也會與春天杜鵑盛放的吊手岩緣慳一面；近年滿山遊人的大嶼山西狗牙嶺，起點與終點都有同類警示。

香港這保母城市，連地鐵扶手電梯也不敢再叫你「左行右企」，現在叫你「企定定」緊握扶手緊握扶手緊握扶手；為了你的健康與安全，政府強令谷針，限聚限食限玩，樂此不疲，那些新文化園區，好好地一個海濱長廊，忽然會響起尖聲造作的廣播，叫你戴口罩戴口罩戴口罩。也許這些都不是甚麼慈愛母親的溫馨提示，只是官僚面對投訴的卸責自保頭盔文化：我們已經警告過你、充分提示，出甚麼意外或有甚麼誤會與我無關。

「要享有豐盛而快樂的生命，秘訣是危險地活。」尼采說的。生命本應是一場冒險，安逸從來不是最美的回憶。尼采說：把船開到海圖空白處！把城市建在火山陡坡上！要習慣面對恐懼、駕馭恐懼，接受挑戰，才能逼自己不住思考，才能激發潛能，成就強大心靈，靈銳而無懼。你不會希望自己太快就安頓於密林深處，成為驚弓之鳥，或一頭容易受驚的

小鹿。

「路不通行」警告，暗示風光無限，也是荊棘滿途：我們不會停止探索，鬥長命是一種志業，但選擇這條路，不能掉以輕心。

最後要鄭重聲明，香港郊野有一種警告牌，不能輕視：「懸崖危險，切勿前進」。有此警示之處，前路真的有懸崖或瀑布。有時看見眼前綠草茵茵，哪有懸崖？以為標語又在誇大，誰不知植被掩蓋陡坡，硬要前行，一腳踏空，化作飛灰浮塵；又或想看清懸崖，靚靚打卡，怎料瀑布石頂濕潤，滑出空谷，與天地同在。

懸崖危險 切勿前進
DANGER
Steep Cliff Ahead
No Access Beyond this Point
防止山火
保護林木
Protect Our Countryside,
Prevent Hill Fire
Agriculture, Fisheries & Conservation Department
請將垃圾帶走
Please Take Your Litter Home

恐慌

四處遊歷，常會自陷險地，有時是因為「人一世物一世乜都試吓」、有時是自我催眠「難得機會當然要多走一步」，有時是尼采上身「「要享有豐盛而快樂的生命」，路途險惡，偏向險中行，也因為明瞭一期一遇，「有今生冇來世」。

如何犯險而不死，是大學問，也涉運氣，不過運氣是給有準備的人。

浮光掠影踏過一些天涯海角，遇過泥石流眼看大石如激流在眼前滾過、感受過嚴重高山反應以為命懸一線、在非洲沙漠深處反車距離最近醫院三百公里、被困懸崖動彈不得最後大膽一躍、穿避彈衣防狙擊手慶幸沒有子彈打頭。每次脫險，都感恩尚能平順呼吸；每次飛機落地安全回家，都慶賀手腳齊整。除了因為運氣，或命不該絕，也許和本人「恐慌成狂」有關。

Constructive Paranoia 一語，姑且意譯作「積極恐慌狂」，出自生物地理學家戴蒙德（Jared Diamond）之《昨日世界》一書。作者以親身體驗，講述於新畿內亞及其他蠻荒世界攀山涉水考察時所感悟的「安全意識」，簡單而言，要時刻留意並規避風險，達到一個偏執、恐慌、疑神疑鬼的地步。也許旁人會取笑你杞人憂天，但長遠而言，是出門在外的保命方式，平平安安回家來的有效保證。

話說有一次，戴蒙德初到新幾內亞，他聘了嚮導與挑夫，遠赴深山觀鳥，在一山脊紮營露宿；戴蒙德選擇於一棵大樹下紮營，但當地人堅持遠離大樹，因為那是一棵枯樹，可能倒下。戴蒙德當時不以為然，見到枯樹粗壯又未腐爛，也無風，照樣紮營。故事沒有戲劇性發展，他安然度過幾晚，後來慢慢發現，山中露宿，常會聽到奇怪聲音，那是大樹倒下的空谷迴音；再查資料，原來當地很多原住民的意外死亡原因，排首位的，正是被倒下的大樹壓死（其他高危因素，包括爬樹時跌死、蛇蟲叮咬等）。

戴蒙德粗略計算，縱使被枯樹壓死的機率很低，但當地人長年在樹林活動，長期暴露於風險中，累積起來，宿於大樹之下，就成為高風險動作，意外死亡第一位。部落社會中，原住民常會親歷險境、目睹千奇百怪的死亡，安全意識高；故此，人在異地要入鄉隨俗，要相信傳統智慧。

戴蒙德半生在「蠻荒」活動研究，以「積極恐慌」概括，首先不作無謂的冒險，例如絕不玩高危活動如「笨豬跳」；旅途上要作最壞打算，預備可能出現的危險，深入熱帶雨林，接種疫苗、吃瘧疾預防丸，事前探路，聘資深嚮導，皆必不可少；不逞強、不貿然犯險，不輕率大意，方能保命，繼續呼吸。

讀到「積極恐慌」一語，我心舒泰，如找到知心友，因為一直以來，本人以「恐慌」心態，以求旅途平安，常自覺窩囊，太不瀟灑，有時更遭旁人投以奇異目光。

例如，上高山，必備高山症藥物，並嚴格遵從每天最多上升海拔三百米的安全守則（因為見過同行人幾乎陷於昏迷）；大城市，不立高樓之下（怕高處墮物）；深山峽谷，無論晴天陰天，不立峭壁之下（因為見過懸崖落石幾乎砸死同行人）；懸崖陡坡之頂，提醒自己距離死亡要保持最少兩步之遙，避免稍一不慎就萬劫不復；不玩笨豬跳或熱氣球（因為安全設施由人操作，不能百分百相信）；長途車上，常與司機談天，免他睡覺（試過司機睡著了，把車開了上路肩）。最重要一招：坐車要戴安全帶，它曾救我小命。

多年前在非洲納米比亞沙漠深處遇上車禍，車子在沙路上慢速轉彎時，在荒漠凌空側翻轉體三周半，定過神來，發覺手腳頭尚在，竟然半點損傷也沒有，才真正領悟安全帶神妙之處。自此以後，每次上車，扣安全帶就如呼吸一樣，自然而然，變成反射動作。哪怕是一程五分鐘的小巴，我都扣上安全帶。

安全帶的道理很簡單，就是把你貼貼伏伏安頓在座位上，飛來橫禍時，強大衝擊力離心力不致於把你變成空中飛人直撼路旁石壆路牌燈柱，減低掉進山溝懸崖大海跌死撞死淹死或被車子翻側壓頭壓胸壓手腳的機會。不過這些道理，平日說起來，人們只覺你迂腐酸臭，惹人討厭。內地司機每看到我千方百計要從名貴坐墊裏找安全帶，總略帶鄙視眼神；小命要緊，我才不理。

「積極恐慌保平安」心態，在大城市也合用。美國人意外死亡的「殺手」，依次是車禍、酒精、槍械和做手術。小心駕駛、小心過馬路、記緊扣安全帶，老套的勸告，卻最實用。

每個獨特的旅程，都是冒險。枯樹會倒，我們不會因此避走森林，但我們可選擇不睡於樹下；以身犯險，但永遠「積極恐慌」，當大步跨過，就成為最美的回憶。

祝願每位旅人與遊子，經歷過苦厄，感悟過天地，終有平安回家的一天。

運氣

人在瑞士，想起上個世紀在艾格峰（Eiger）的遠足故事。登頂，我們當然沒有裝備沒有技術，願望很卑微，只選了一條近乎「家樂徑」難度，低海拔、風景優美又跨過冰川的短程路線。

坐了一程很昂貴的登山纜車，來到遠足徑起點，卻見到了警告牌：「山路封閉，請勿前行」。

那一年，時值六月，低海拔山徑的積雪差不多全融掉，有甚麼危險？年少，氣盛而錢少，不管了，跨過封鎖線就走進去。

六月的瑞士山區，常會看見融雪造成的雪崩，隆隆巨響，回聲有時震動山谷，甚是嚇人；這條山徑，看來一切正常，山徑左方是懸崖，右方就是艾格峰一片看不見頂的直壁，幾乎沒有積雪，不用擔心啊。

走啊走，一路無事。一小時後，拐個彎，太陽整天照不到之山陰處，有一條未融的雪舌。

雪舌就只三五米闊，鋪在崖壁上，掩蓋了狹窄山路，若然在雪舌上踏過去，肯定會滑倒，掉進百米之下的崖底。

才明白為何山徑要封閉。

怎麼辦？山徑下方，大約只有十米八米距離，雪已完全融掉，就只差一點點而已。

當然不甘心，不願就此回頭，於是找了一處易攀的石壁，爬下懸崖，繞過雪舌底，準備再攀回小徑，攀了一半，見岩壁筆直難攀，無著力處；若退回去，則下山路更難爬，結果，進退不得。

我們手腳緊緊抓著巨石，無計可施，足足數分鐘。

那一刻，才深深明白，甚麼叫「被困山中」。以前會想，你有路走進去，自然有路走出來，就算前無去路，走回頭路也可，怎能「被困」？當時，終於明白了。

四野無人，那時還未有手提電話求救，就算有，也不知道報警電話幾多號；況且，兩手一路抓緊石尖，沒有空閒的手打電話。

有些路，你走了進去，就沒法回頭。

身處陡壁，攀不上，亦回不去，稍鬆手，腳下是百丈深淵，每一下動作都不能有差錯。最後，稍定心神，鼓起勇氣，一躍而起，抓住巨石一角，總算越過險關，繞過雪舌，回到小徑。

前行兩步，驚魂未定，一拐彎，前方又是另一條雪舌擋路。

這一次，不敢掉以輕心，小心選定徒手攀爬路線，總算有驚無險。

鋌而走險，要先學懂步步為營。艾格峰一役，慶幸竟然未死，開始明白甚麼叫珍惜生命。不輕易涉險，安全為上；實在避不開，死，也不要死得太滑稽太無意義。

聽了我這故事，瑞士朋友說，這裏山路封閉，一般有三個原因，一是雪崩；二是山泥傾瀉，巨石阻路；三，軍事演習，子彈橫飛。

三十分之一

是年仲夏，重遊瑞士，一位遠足達人，帶我們暴走一條險要山徑。

「我曾有朋友在這條山徑上滑了下去，死了。」他說。

這條山徑，沿著十多公里長的山脊線而行，一路遙望阿爾卑斯群嶽，開濶、壯麗，卻山客稀少。遠足達人說，若天氣欠佳或雨雪濕滑，都不能走，因為山徑窄，隨時滑下兩邊斜坡或懸崖。山徑最險處，在中段 Tannhorn 一帶，想像你豎起手掌，人走在指尖，一邊是七十至八十度的草坡，一邊是筆直懸崖，有數公里路，山脊如刀峰尖銳，只容一人步過，甚至要徒手攀爬，沒有踏錯腳步的餘地。

這段險要山徑，出入口路上，沒有「前面山路險峻，請勿前行」的告示。

我問瑞士朋友，求救電話幾多號，「以防萬一」，我說。

「1414」，瑞士朋友笑了，他懂廣東話，知道這號碼諧音「實死實死」，這是召喚救援直升機的：平常召喚救護車去醫院，是「144」，同樣意頭不好。

海拔二千米高，十多公里長的山脊，
沿路遙望南方的艾格峰與少女峰。

那天，只有大約三十人走這條山徑，一人墮崖。

山脊險要，兩邊都是筆直懸崖。

大約一小時後，一架救援直升機在上空飛過，於前方山頭盤旋良久，在僅有的一小片平地降落。瑞士朋友說，可能是趁天清氣朗，來演習吧。

再走近一點，見兩人憂心忡忡，坐在石上，遙望石壁下的直升機。原來真的有人墮崖，兩個行山人士看見山徑上有一枝行山杖，卻四野無人，於是環望四周，看見一人倒臥陡坡下，沒有求救，沒有動作，於是報警。

救人後，直升機沒有即時離開，救援人員就地搶救，那代表甚麼呢？

出事地點的石坡，並非最險要一段，也不特別陡斜，那人為何會掉下去？是那位曾經打過招呼的同路人嗎？崖底太遠，看不清。

遠足山野，絕不能獨行，因為一旦出事，容易失救；陡坡之上，縱使未算險要，也不能掉以輕心，意外往往就在平平無奇的地方發生。

後來讀新聞才知道，墮崖的人，獨行，六十一歲，送醫院後死亡。

我們行程繼續，大半天的路途中，碰到的同路人不超過三十人。

山脊沿路，常見紀念逝者的十字架。

不浪漫

某某勇闖世界最高峰、創了這個那個紀錄、在大山之巔插上這國那國的旗幟、勵志！圓夢！感動！每次讀到這樣的新聞，我都無感，甚或不以為然。吃不到的葡萄是酸的，一定係。

我尊重有充足準備、不停探索、勇於尋夢，膽敢冒險犯難的人；攻頂不攻頂，你願意付出幾多去達成夢想，各有前因，都是很個人的選擇。沒有冒險精神，只追求舒適安穩，滿足於營營役役的日常，人類大概等同鹹魚一樣；如果人們不想萬水千山走遍，不想征服火星，世界就不是今天模樣。不過，旅程中經歷過生死邊緣，也學懂不要「搵命搏」。

那些年，很少人會叫「珠穆朗瑪峰」，那座山，叫額菲爾士峰。我們慢行二十天，走到登頂基地營，攀上對面山頭，遠眺地球最高點，可望不可即。

天高地厚，雲淡風輕；登頂的夢，閃念一霎。

基地營垃圾堆積，滿是用剩的氧氣瓶、破損的重裝備。這處是長路的盡頭，再往上爬，就不是簡單遠足。零下幾十度，攻頂者要跨過流動中的冰川，抵受高地疾如刀割的凜烈冷風，需要精良裝備、過人體能與支援大隊，自知無能力亦無膽量，更無錢。

正是，旅程的終結，才是旅程的開始。自此常留意登頂故事，幾年後額菲爾士峰發生嚴重山難，一路讀著生還者經歷，攻頂者的反思，就當自己親歷其境。這裏，沒有「前面山路險峻，請勿前行」的路牌，但見沿路登山客的孤墳，提醒你天地不仁，明淨空氣暗藏殺機。

世界最高峰，已成為冒險樂園。登山活動商業化，幫人達成理想是大生意，世界各地旅人，或追求夢想、或挑戰極限，每年集中於四、五月間，山區天氣較穩定時，蜂擁到登頂大本營，靜待攻頂時機。雪域原住民雪巴人是先頭部隊，他們在登山季節開始時，於緩慢流動的貢布冰瀑中，架設繩索與鋁梯，運送糧食與補給物資往高海拔營地。

那一年，曾橫越貢布冰瀑下游較平緩之冰河，才明白冰河是甚麼一回事。河谷上巨型冰塊如房子一樣大，以每天幾厘米的速度緩緩流動、慢慢融化；走在冰塊上，你會聽見玄冰廝磨的細語，冰層融裂時的長嘆，偶然冰谷深處傳來沉重碰擊聲，是冰塊在翻滾；從冰河化作流水，腳底冰層要翻滾萬千遍。

雪巴人是先頭部隊，也是敢死隊，險境由他們先探，冰隙深不見底，還要負重，運送攀山健兒所需的帳篷、食水與氧氣瓶，穿梭險境數十回，犯險的登山勇士，其實只需來回冰瀑三數次以適應高度，風險較低；這種探險交易的消費模式，某程度上，可視為口袋最少有幾十萬元的登山者，出錢叫人替自己承擔風險。

另一角度看，你可以說，雪巴人幫你圓夢，他們天生異稟，會衡量風險，也不一定很窮。但是，有餘裕又生命寶貴的人一擲千金為自己買保險，把賠命的風險轉嫁選擇較少的人。這想法，一直揮之不去。

攻頂挑戰，也不如想像中浪漫。海拔七、八千米的險峰雪嶺，有自己一套「倫理觀」：見死不救是常道。

高峰空氣稀薄，高山症令人腦筋迷糊，判斷失準，加上攻頂一天，要極速來回，踏雪而行，遇上烈風嚴寒，更是舉步維艱，體力消耗巨大，容易失溫虛脫。若有人遇險，同行者的應對方式，通常是棄之不顧，因為無人有餘力揹傷者下山，若留守照顧，結局多是一同凍死深山。估計歷年有超過二百具登山者屍體，埋於峰頂深雪，沒有搜索隊會把他們送回家。

一九九六年導致八名登山者死亡的一場風雪，死傷慘重，攀山專家認為，與攻頂商業化及山徑擠迫有關。由於攻頂者太多，攀山者見大軍同行，遂有「安全」假象，常低估風險，又以為一旦遇險會有人照應。由於攻頂者動輒數百人，又多會選擇天氣好的日子出發，一些險要山脊，出現「交通擠塞」，互相拖慢步伐，增加風險。每名登山者，為達成攻頂大願，時間與金錢投資巨大，縱使經驗與體力不足，也不想放棄，臨崖不勒馬，容易自陷險境。

不同國家及各家公司的攀山團隊，常有意無意比拼，導遊之間，會鬥快，或逞強，把更多「客仔」帶上峰頂，增加「商譽」，也令險象環生。登頂之人，來自不同國家地區，人人都有自家的「紀錄」要破，受家鄉的傳媒鎂光燈影響，受到注目，有壓力，不能輕言放棄，也可能影響判斷。

電影《珠峰浩劫》講述商業登山隊的災難故事，重演一九九六年的悲劇。攻頂時機只在五月數天，各國登山隊卻互不協調，雪嶺冰隙間，人多擠迫，互相拖累。而且，那些登山隊員，多數攀雪經驗不多，烏合之眾。

為何要付出辛勞汗水，甚至性命，征服頂峰？有人答 Because it's there，因為它就在此。有些人的心態，如集郵、打卡，因為征服了六大洲高峰，剩下這一個。有人則說，為了立下榜樣，告訴孩子要有夢想，不屈不撓。

「在額菲爾士峰，沒有所謂攻頂，你只是竄上去，然後拼老命速逃。」攀山家 Ed Viesturs 如是說。雪巴人生於山地，視山峰為聖地，從來沒有「攻頂」傳統、沒有「征服」心態。挑戰自己，不一定要攀上巔峰創造紀錄；有時，心存敬畏，登小丘遠觀，洞察天地澄明，學會謙卑，已是天大的福份。

如今，我選擇安坐影院，感受攻頂的凍與痛；離座一刻，有點冷、有點亂，然後安安全全回家去。

世界最高峰反映夕陽最後一絲光和熱，
澄淨空氣、星月爭輝。

秘密屋

瑞士一處森林，離山徑幾十米的隱密叢林中，有一間木屋。小屋無窗，似是農民倉庫，但遠離路邊，位置奇特。木門沒有鎖上，打開大門，一股寒氣逼人；斗室只一兩平方米，沒有任何傢具，空空如也，只見地上一把鎖，木地板下，另有乾坤。

我們帶了鎖匙，揭開地板，露出深不見底的地洞。

這間小屋，收藏了一個地洞的入口。

在瑞士，認識了一群洞穴達人，其中一位，快七十歲了，行山時不徐不疾，腳步堅穩，告訴我們這個洞穴的故事。

這個洞，叫「拳頭洞」，四十多年前發現時，入口只有拳頭大小，人們把泥沙挖出來，發現下面是龐大的洞穴系統，有地下河、湖泊、瀑布、直井，在地底延綿百多公里。他們這群人，數十年來每逢假日，就來探洞、勘測地質、繪製洞穴地形圖。

我們鑽進洞裏，初段只容一人俯伏爬行，爬了不夠十米，滿身塵土；電筒一照，前方是一個垂直的坑洞，懸崖邊探頭張望，深不見底，沒有裝備者，必須止步。如此探洞，要精於幽閉空間中攀石、黑暗冰冷地下河中潛泳、耐寒耐濕兼負重而行，非一般人玩意。

如果你夠耐力，在黑暗地洞中，走幾天幾夜，可以選擇在其他洞口，探出頭來。這裏是世上其中一個最大的石灰岩洞穴群，水的酸性侵蝕岩石，在腳底下沖擦出如網一樣的大小秘道。

地面上走過，如何知道地底有大洞呢？原來，地洞恆溫，夏天時，有冰涼空氣冒出；冬天時，有暖氣溢出。感覺敏銳的人，就有可能發現地底新世界。

洞穴達人說，融雪或大雨時，冰冷的水從石縫湧進，探洞者無處可避；曾有三個人，全身沾滿冰水，低溫症凍死拳頭洞中。

他們探洞幾十年，劃了幾十公里的洞穴地圖，這些路卻沒有多少人真正走過。人們幾十年前已踏足月球，望遠鏡已能窺探宇宙，但我們對地球表皮下薄薄的一層，卻無能為力，

洞穴達人的背影，他設計了一條洞穴遠足徑。

難以探索，幾近空白。

活下來的洞穴達人，他們的故事已放進博物館。其中一位探洞人，帶我們參觀洞穴博物館，重遇年輕時的自己，那時壯舉的相片，已成為洞穴探索史的一部分。

對於自己成為博物館展品，他表示震驚：「噢，我覺得自己很老！」

現在，這批洞穴達人都不再冒險，走路也沒以前靈活。但往日的探洞大本營猶在，他們定期回到舊地爬山，有人胖了，有人腳痛腰痛，有人專業上山採野菇，有人設計了一條洞穴行山徑。

不要看輕眼前的銀髮族，每個人，都有一個年少輕狂的故事。

第四章

願我們成為瘋人院裏最後一個瘋掉的人

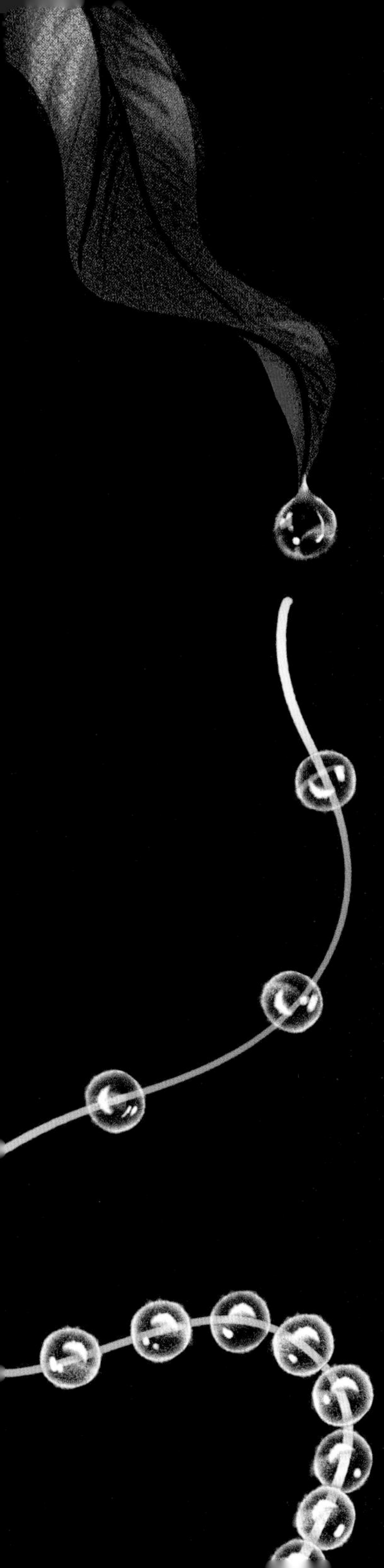

無常西藏

「可能是我這一輩子必須要到達的地方。」

一位不認識的讀者，在我博客一篇關於遊歷青藏高原的文章中留言，問文中相片是甚麼地方。這位讀者說：「因為某些原因，可能那是我這一輩子必須要到達的地方，望你能夠解答」。

噢，對著電腦發呆的我，忽然驚醒，這是很重要的任務！那是甚麼地方？

已是恍如隔世的那年那天，車子穿過青藏高原，無名字的荒野，如天空之城的山嶽；彎路轉角，一片青翠草坡，一列巍峨大山，扣人心弦，就像周榕榕在《死在路上也不錯》中所寫：「爬到高處了，便看見遠遠層層疊疊丘陵起伏的山，厚重的雲就在山間牧養它們的影子，安靜地牽著它們的分身緩緩流動……」

深山裏悠轉，每天趕路，生怕在荒山開夜車太驚險，有時遇到美景也不敢停車；有時因為美景太多，大家都看夠了，不想再停。

這一次，車子喘著氣翻過山坳，景觀豁然開朗。我沒一刻猶豫，大叫「停車」！

趕路中途，高山艷陽天，我們偷得一刻，走到翠綠草坪上，大山與天地之間，喝一口熱茶，靜看雲朵放牧自己的影子，天地間上演無休止的悲喜劇，來了又去，無影無痕。山坳遠望，看綠的層次，灰的深度，靜待疾風狂雲。

當時曾經想過，如果有一天，要找一個地方靜思避世，這裏不錯啊，這是我一輩子必須再來的地方，要好好坐下，感受風的語言、雨的前奏。

不過，這只是路上一景，具體是甚麼地方？那次旅程，兩三星期，幾千里路、幾百座山、沿路高原牧場記不起名字。只好翻查日記，找出當天拍攝前前後後有地名標記的相片，對比時間方位，終於確認無誤。

世道紛亂，現實磨人，感謝這位讀者一個問題，讓我在回憶中旅行，細味深藏腦海中，那難以言說、不須言說的一刻。

拍攝相片的地方，在青海果洛藏族自治州久治縣，在唯一公路上一路向東，圖片大約在扎拉山埡口前約十分鐘車程處。海拔約四千二百米，遠方的山脈，叫阿尼瑪卿山。

色達是空

朋友問：你走遍全世界了，最喜愛哪裏？我總會答，是西藏與青海四川雲南交界那一

雲霞、雨霧，和他們的影子。

帶的山區。那片土地，有延綿無盡的山嶺，天地明淨，你能看見永恆；掙扎的藏文化，仍在艱苦承傳。

「那一帶」很大，例如有這個名不見經傳的「阿尼瑪卿山脈」，在青海東南，東西走向，延綿百多二百公里。「那一帶」，有很多山，寧靜、孤獨、遙遠，隱於雲霧，高不可攀。大雨過後風捲殘雲，就是驚鴻一瞥之時。

有些地方，一輩子必須要去；有些地方，去了你不想走；有些，你想找間小屋隱世。

而有些地方，物換星移不可追，往事只能回味。

許多年前，我去過一個地方，叫色達。

西藏本土是高原，景色相對單調，最美的雪山幽谷在省界邊陲；西藏中心已經是漢人天下，最純粹的藏文化不在拉薩，在四川雲南西藏交接的山區。那一趟旅程，翠綠谷地一拐彎，漫山遍野小紅屋，住了過萬藏族僧人，正是馳名的色達五明佛學院。

色達是藏文化承傳聖地，知識分子集中於此，自然氣氛緊張，司機說監控嚴密，我們四川色達五明佛學院，僧人住的小屋。

佛學院的室外巨型爐灶，可煮數百人的飯菜。

能進去是運氣。一些較年長的僧侶盯著我們，眼神充滿疑忌；年輕一輩倒還是樂天，臉上常掛著笑容。

爬上小崗，午後陽光明媚，一位喇嘛在打坐，我們一同眺望山巒中的世外淨土，紅小屋在山坡中綿延；言語不通，我們只能對望點頭，我說，我來自香港，他懂的。

有些地方，你來過以後，心再也離不開，一直留意近年五明佛學院宿舍遭拆毀的新聞。在舊時代的香港電台節目中，曾見過一套講述色達變色的日本紀錄片〈西藏優化工程〉，帶我重回舊地。紀錄片譯名用「優化」二字，實在得體用心，導演追蹤三年，罕見記下佛學院的變遷及遭趕走僧人的生活。

「優化」來了，地方政府驅趕僧人，清拆喇嘛住的小紅屋，東拆一片西拆一片，又不是全拆，想做甚麼？

家園被毀、喇嘛哭別，有想法有堅持的僧人被排擠趕走。

遠眺色達天葬場，往日只是一個簡單樸素的喪葬場地。

紀錄片裏的僧人質疑，如果拆遷純粹因為官方所講「消除火災隱患」，又為何要趕走資深的僧人？

留下的僧侶，無力對抗，也沒有選擇，只能隨緣、不爭、不執；他們逆來順受說：「出家人不能說話」、「忍耐」；有人念佛偈：「聚際必散，高際必墮、生際必死」，即是有聚就有散，有生就有死，是諸法空相，無常，無所謂。

往日的天葬，場地簡樸，山坡盡處一片空地，上百禿鷲在等，天葬師一刀割破遺骸，禿鷲享受盛宴，帶領逝者殘軀在藍天雪嶺間飛翔；也許遊人稀少，那些年，旁觀者只要心懷尊重，天葬師容許你近距離觀看甚至拍照。

有比較，才更覺震撼。今天，天葬場也「優化」了，峻嶺之間，明明就是無盡大山，竟然用石屎堆砌假山，活像一個表演舞台，還有一個巨大的骷髏頭雕塑，是想表達天葬很恐怖？天葬師就坐在骷髏頭旁誦經超渡逝者往生。四周加建了平台圍欄，還有類似看台的東西，讓大批遊客安坐，觀看

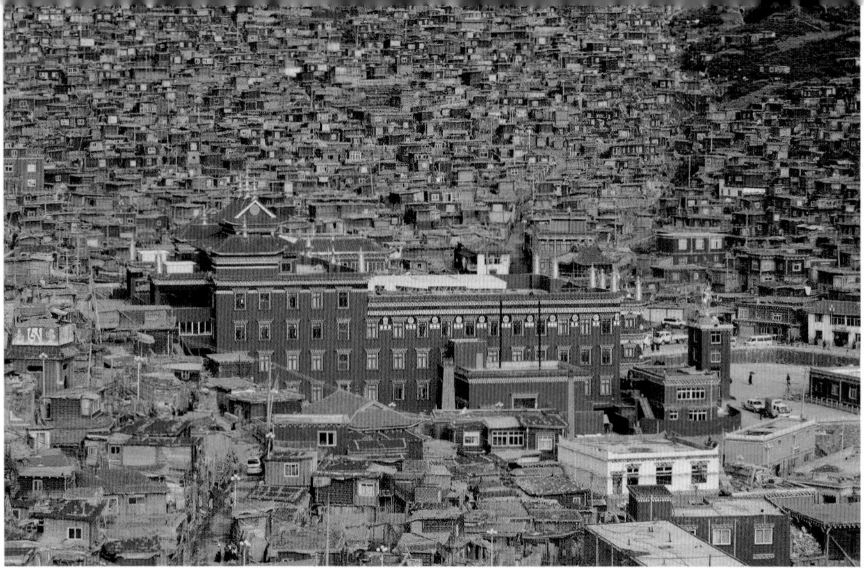
五明佛學院住了數萬僧人

天葬過程，一路有普通話解說，葬禮化作旅遊景點，活像一個天葬主題公園。

附近山區，政府以扶貧為名，搬遷放牛放羊的遊牧藏民集中到路邊的新村居住，村官引導藏民在記者鏡頭前，感謝國家感謝黨，家中堂前換上了最高領導人畫像，神明只有一個；山坡標語，多了一句「同心共築中國夢」。

五明佛學院還在，只是滿布工地，千瘡百孔，似被禿鷲啄破皮囊。政府「優化」改造佛學院，打造旅遊勝地。優化藍圖中，新建大道，有商場酒店，有外國品牌咖啡廳，山坡上新建九條樓梯，廣建觀景台。

紀錄片終結的鏡頭，夜幕低垂，新建的寬廣大路，電燈亮起，恍若遊龍巨爪，延展山谷每個角落，旁白最後一句：「信仰聖地，淹沒在文明的燈光之下。」

青藏高原上的牧民家庭

初見新疆

去了吉爾吉斯一趟。吉爾吉斯在哪裏？從新疆一路向西，天山山脈延伸至中亞，吉爾吉斯整片國土，除了首都一帶平原，就是天山一脈的雪嶺河谷。

有些地方永世無緣了，妄想可以在此找到久違的異鄉風情，卻忘了中亞受蘇共影響，傳統文化看來沒留下多少，回回色彩淡薄，絲路驛站破落。處身古絲路遺址，任何人都有疑問：為何千百年前，商旅絡繹不絕在荒漠中築起了宏偉建築，連結了貿易網絡，卻又忽然衰落？原因很簡單，邪惡的西人發現了海路，航運發達，陸上絲路再無需要。古往今來鐵一般的商業規律：商人最聰明，若有商機，他們就走絲路；若無錢可賺，商人會不屑一顧，讓風沙慢慢吞噬。

吉爾吉斯的高原雪山中穿梭，浮光掠影，又能上網同五千里外繁瑣事保持聯繫，奢想重尋昔日草原大漠不知今夕何夕、不知何處借宿一宵的癲狂闖蕩，只是一廂情願而已。

那一年，北疆山區的喀納斯湖，還只是一個傳說。

無畏無懼的年華，拿起背包，甚麼地方都敢去；手上只有朋友口耳相傳小貼士，到達新疆北部邊陲阿勒泰市之後，要在大街上找伐木順風車，才能到達那聽說如世外桃園的喀納斯湖。果然，木頭車司機二話不說，就叫我們坐上貨斗。沿路村民，不知是維吾爾族還是哈薩克族人，一路爬上貨斗同行，有些還穿著一身民族服飾，大家的普通話都很爛，言語難以溝通，只能交換笑容，聽他們貨斗上唱山歌。那時還天真地想：民族真和諧啊。

一整天，「開篷」大馬力爬山貨車在大山上悠轉，貨斗上明亮星空也一直在轉，直到夜深才在不知名的村子停下，燭光中在民宿待了一夜。

晨光從木屋縫隙中喚醒眾人，推門一看，炊煙之中，眼前一片綠油油草原，不遠處小山上，初夏雪未融。第一次看見雪山草原，那一刻凝住了。

喀納斯湖畔旅舍，沒有旅客，餐廳連吃的都沒有，只有羊。我們宰了一頭羊，燒、煎、牒，吃了三天。

那段日子，沒有金秋紅葉，湖色沒有甚麼深刻印象，最刺激是回程路上，貨斗盛滿木材，我坐在駕駛室司機旁；陡峭下山路，司機關了引擎，任由貨車空波衝落山，「省油！」司機得意洋洋地說；越野貨車在沙泥路上顛簸地狂飆，嚇得我。

今天，喀納斯湖酒店林立，已經打造成一個仙境，聽說熱門季節每天有幾萬遊客到訪。近年曾經重遊新疆，沙漠草原滿是礦場油田風車陣，大西北的大漠雪山早已圈養成一個又一個景點，高速公路四通八達，漢人無處不在。一切都是資源，油氣資源、礦產資源、風力資源、旅遊資源、文化資源、人力資源，「新疆是資源豐富的地方」。烏魯木齊的巴札中，武警五人一隊背對背，持半自動步槍戒備，大家都很安全。

一輩子不用太長，就能見到夢的幻滅。人生若只如初見，那是多麼的美好。

香港狗

朋友結婚移居美國，帶著四個女兒回港探親小住：女孩們都長大了，在香港無聊。國際友人到訪，我能夠為她們做的唯一一件事，就是帶她們遠足。

不了解她們體能，只好帶她們去最穩妥的西貢大浪西灣與鹹田灣。沿途，美少女們不斷驚嘆：「西貢巴士總站旁有牛！而且牛牛會沿麥理浩徑散步！」

西貢路很窄，竟然有雙層巴士；巴士距離路邊樹林很近，碰到樹枝轟轟作響，「有點害怕、有點刺激！」

見到熒光藍斑紋的蝴蝶，見到泥地上有蟹，見到不知名的花，她們會仔細研究。

走在麥理浩徑第二段，見到黃石碼頭的內海，曲折海岸線，波平如鏡，她們又驚嘆。

到達西灣，她們大叫，哇，很美的沙灘！

吓，你們一家不是住在海邊嗎，未見過沙灘嗎？我奇怪。

阿媽有點尷尬，忙解釋：她們一家人住過美國幾個州的海邊城市，也有沙灘，但海岸線筆直，對出是大洋、沒有小島、沒有彎曲岩岸，地很平，只有小山丘；西貢山巒錯落，她們少見。

看到她們的反應，你會更明白，為何港島石澳附近的龍脊，被國際雜誌選為亞洲最美城市行山徑，香港的大山大海，密林微物，很多香港人身在福中不知福。

香港真係好靚。

於是，我做訪問，問美少女們最喜歡香港的甚麼？答案是食物，多不勝數，不知從何說起：蛋撻、紙包蛋糕、糉、水餃、紫米露、蝦餃、燒賣，數了好久。

再問，香港有甚麼令你們印象最深？大女二女齊聲說：Hong Kong dog。

香港的狗都很 sad，她們說。碰巧就在鹹田灣沙灘上，一頭悲傷的狗路過，呆望我們。「香港狗的神情，就和香港人一樣。」她們補充說。

微物

行山路線不怕重複，因為同行山友不同、海邊潮汐漲退浪濤高低也不同、四時之景亦不同。是日走麥理浩徑大欖林道一段，難度屬家樂徑級數，即是平淡易行，適合心情鬱悶但想曬太陽又不想太過挑戰自己時走一走。

林道兩旁，盡是蘢蔥大樹，部分樹冠變色了，翠綠中帶點淡黃。上網一查，這叫浙江潤楠，常見香港原生樹木，平凡得大概所有遊人都視而不見。潤楠正值二月花期，這種花也毫不顯眼，如小竹筍般的啡色花苞，花梗如傘，一叢叢小花，微小得你幾乎看不到花蕾花瓣，但一束束嫩綠微黃，點綴山蔭密林，是一種平凡得叫人隨時忽略的美。

大路都走過了，現在遠足，若然有時間有力氣，地圖上的無名字山頭也要踏一遍，這些山頂通常平平無奇。大欖林路上，見遠處有一山頭，官方地圖上無名，行山程式上標示「鱷魚朝天」。

類似山頂，通常無甚可觀，此處有山火瞭望台，代表視野開闊。這個「鱷魚朝天」，不明白名字從何而來，難道山頂光禿禿的小圓崗似一個鱷魚頭？

我們來對了時間，來對了地方。

放眼遠望，這處山坡潤楠群落密集，墨綠、翠綠、嫩綠、淡黃，微白，二月和煦斜陽中忽明忽暗。沒有驚艷花朵、沒有紅葉滿枝，當小花微物迸發，山河為之變色。

潤楠花開，山河變色。

芒草聲

芒草有聲嗎？

不知甚麼時候開始，香港「芒草季節」上山打卡，變成一個類似朝聖活動。這個早上，我們已經挑了一個非假期日子，東涌巴士總站仍擠滿人，巴士竟然平日都開專車，載客上起點伯公坳。人潮沿山徑綿延，很難想像周日假期時會是甚麼景象。

芒草已盛開，呼朋引伴興奮打卡的嗓子也大開，遊人的收音機與自選懷舊金曲也盛放。你的飲歌，是別人的噪音；你聽歌的自由，不應影響別人耳根清靜的自由，這個簡單道理，看來一點不簡單。另有山客，應該是香港電台粉絲，登上芒草之海，不忘資訊時事，開大音量，廢話在山間隨風蕩漾。

要逃離喧囂，地圖上還有很多遠離主要山徑的空白處，如二東山頂、往日傳教士所建的蓄水庫「天池」；再走遠一點，過雙東坳、登蓮花山，終於遠離人聲鼎沸，正是天涯何處無芒草。

大路上拐一個彎，仍是漫山芒草，卻已無人聲。山陰背風處，颼颼風聲稍歇，忽聞輕淡的吵吵聲，像小溪流水，不會啊，此處近山頂，不會有泉水；細心聆聽，原來是芒草隨風輕擺互相挨擦的聲音，比風起時樹叢枯枝搖曳要輕柔，比山坡上小草晃動要綿密。

遠離人潮，你會聽到芒草的細語。

遠離人群，聽芒草的聲音。

湍蛙蛋

往日想行澗，總會猶豫；因為是溯澗初哥，既怕落石、又恐大雨襲來山洪暴發，而一般行山地圖所標示的河流位置，特別是「入澗」與「出澗」位不一定準確，山澗沒有路牌，更沒有路；河溪支流多，初學者溯澗，容易迷失於支流，不知自己所處位置，不知離澗時「爆林」路有多遠，不知路況，難以預計時間，甚至不知道有沒有路，容易迷失雲霧密林中。

自從新款行山應用程式出現、衛星定位系統愈來愈準確、天文台有雷達圖顯示雨區位置，一切都改變了。簡單而言，只要你懂得讀地圖辨方位，基本上排除了迷路的可能，一切好籌劃，感覺上風險大減。而且深山無人處，總是收穫豐富。密林水潭畔，瀑布水幕背後，只要你眼睛夠銳利，常有大發現。

這天，碰上「密集恐懼症」。

溪澗亂石濕潤處，偶爾瞥見水濂後一團團密集白色小點黏在岩壁。同行的自然專家說，那是湍蛙卵，湍蛙腳趾有吸盤，能在濕滑的石上行走，牠們專門挑選瀑布背後的大石直壁下卵，最危險的地方就是最安全的地方。濕滑的岩壁，急湍的激

深山溪澗，水瀑背後的大發現。

流，阻擋了絕大部分天敵；鍥而不捨想靠近蛙卵的，大概只有我等八卦拍照人了。

要為蛙卵拍微距照片殊不容易，首先要走近瀑壁，冰冷激流令你渾身濕透，瀑布衝擊令你拿不穩相機，湍蛙卵上有一層卵膜，拍出來的微距照總是朦朦朧朧，難拍得好。

有些蛙卵已變灰變黑，看似已經孵化，溪水衝擊之間靠近一看，駭然發現一雙雙好奇的湍蛙胚胎眼睛盯著你，牠們似乎很期待穿破卵膜暢泳於溪流的新生活！你還可以在這團蛙卵中，觀察湍蛙孵化的不同階段，由一團蛋，到胚胎成形，尾巴出現，蝌蚪準備破膜而出。激流水花之間，湍蛙 BB 盯著你，你也盯著湍蛙 BB，山澗之中，神奇大發現。

問題出現了，為何同一團蛙卵，發育有先有後，胚胎有大有小？有些蛙卵卻似乎未有受精，死寂一片？

若說，每個生命能誕生於世上，都只是一個巧合，很多人不會相信。

經濟學家康納曼在《快思慢想》中談機率之重要，很多影響深遠的重大歷史事件，源自巧合。他叫大家想想希特拉、史太林與毛澤東三人，任誰一人沒有在這世界出現，世界歷史都會變得不一樣；然而，主宰他們是否出現的，是一顆卵子受精前一剎那發生的事，

湍蛙肧胎的世界

大部分精子，本來都是一場空。千萬顆精子湧向一顆卵子，只有一顆贏出競賽，是男是女，是野心家還是平凡人，只是千鈞一髮的事。

演化生物學家道金斯也談過生命演變與人生際遇之巧合元素。他說，我們能存在，可能是由於古代一頭恐龍獵食時碰巧打噴嚏，抓不住當今哺乳類動物的那位始祖，才令我們的遠祖有機會繁衍。他也談到希特拉的出現，很可能取決於他父親的一個噴嚏——卵子受精前一小段時間，那些激烈動作之間，父親的一個噴嚏，肯定影響重大。

巧合千萬重，我們誕生世上，要珍重每一口呼吸；然而，你沒有必然存在的理由，不要看得自己太重。

原點

人們聚在山頂，雲霧中凝望夕陽方向，等待可能不會出現的落日。

我們站在遠方一塊大石，人們向西，我們向東，背向日光，朝著幽谷雲霞驚呼大叫、不住跳躍揮手，等待夕陽的芒草客還道我們是傻子一群。

我們看到了「佛光」，即是罕見的「彩光環」。

大東山頂，斜陽溫煦的一個清朗秋日，大東二東雙峰之間的低地，忽然成為濕潤雲霧的走道，時機來了，我們趕忙找一塊向東的崖邊巨石，迎向空谷，等待。

想碰上「彩光環」，需要很多條件脗合，時間要在日落前一兩小時，你要站在高山，背向太陽，面向谷地，最好站在崖邊，你所站的位置要天色清朗，但望向谷中要有雲霧，也要同行有一群傻人，和你一起在等，多是白等。

這一次，運氣迎面而來，只等了一瞬間，佛光初現，谷中雲霧乍現一整圈如彩虹的七色光環；光環中有一個人影，細看，那是你自己的影子。你跳，影子也跳；你揮手，光環

峰頂上看「佛光」

中的影子也向你揮手；雲霧飄近，影子也向你走近。

水氣反射又折射，你是你自己視角的原點，無論身邊多喧鬧，人潮多擠擁，天地眾生之間，那圈七色姿彩中，你只見自己，風捲殘雲一個挺立的身影。

雲霧繚繞，或濃或淡，世界在變，處境在變，你永遠是你自己的原點。

再次想起電影《V煞》一幕，女主角在牢房高牆的夾縫中，發現一封前人留下的信，告訴她，無論環境如何改變，你寸心的自由，不會被任何人奪去：「我們的尊嚴不值多少錢，但它卻是我們真正擁有的。它是我們最後的一寸領地，在那一寸領地裏，我們是自由的。」

三種過去式

「梵文的過去式，分三種。」

印度北部，在印度板塊與歐亞板塊碰撞的斷層不遠處，山頂密林中的小宅，住了一位高人。他六十來歲，短小精悍，黝黑臉龐蓄著灰白鬍子，他眼神如炬，歲月洗擦出眼角的坑紋。一談到梵文，滔滔不絕。

他是梵文老師，也醉心研究梵文，我們叫他達先生：一杯印度奶茶在手，我們這些過客，梵文認識是零，聽得如癡如醉。

達先生說，古印度的梵文文法，過去式有三種：當天的過去式、生命中的過去式、遠古的過去式。

語文的過去式，能窺探古人的時間觀。達先生說。

第一種過去式，用於一天之內的過去。古人日出而作，日入而息，日常作息規律，以一天為單位，這種過去式，用以描述平淡的日常，談論今天做過甚麼，要做的事，是否已完成。

一生中的過去式，用於描述人所生存時代之記憶所及，每個人生命中所見所聞，色聲香味觸法，就用第二種過去式去述說與記錄。

第三種過去式，描繪遠古的祖先、傳說、神話：那些未有文字清楚記載、文明起源時的蒙昧往事、流傳於群族想像中的英雄故事，正是屬於群族的記憶，另一層次的過去式。

三種過去式，連繫三種記憶，一天、一生、一世界；從生活的日常，到生命的流逝，再眺望前人的足跡與傳承。每一遍語文的默頌，都刻劃時間的軌跡，連繫三種不同的記憶。

誰說印度人沒有時間觀念？很久遠以前，古印度人不如現代人般，拘泥於爭逐一分一秒。今天的事，今天做完就好，不用亟亟於追逐時間，又被時間追逐。

那時代，每一聲話語，每一聲過去式，提醒每個人，除了天光天黑間每天的累人日常，還有兩大片記憶駐紮的心田：你的一生，你族群的故事；重要得，人們念茲在茲，要用文法把思絮勾連，日常言談，引導著每個人的世界觀。

密林內的小宅，聽達先生一席話。

同行的印度朋友，有一位名字叫貢詹(Gunjan)，在印度也是很罕有的名字，意思是「嗡嗡聲」，可以是昆蟲飛過的嗡嗡聲，或練習某種瑜伽呼吸法時，喉頭的嗡嗡呼吸聲。

有點奇怪的名字。

達先生問：貢詹，你知不知道你名字的意思？

我心想，貢詹當然知道，他已經同我們解釋了一次。

貢詹於是再說一遍，達先生補充，梵文中，「貢詹」代表人喉頭發出的聲響，這種聲音，不是無意義亂哼的聲音，而是像很多佛教咒語中的「唵」聲，這種喉頭震動聲，乃是接通天地的智慧之聲，也是人禽之別所在。

記起了演化生物學中，人類獨有的 FOXP2 基因變異，改變了人類喉頭聲帶的構造，令複雜語言成為可能，促進群體的溝通方式，語言化成文字，人類經驗才能一代一代傳承進步，文明突飛猛進……或多或少，人類的今天，源起那個改變喉頭構造的基因變異。

聽過解說，貢詹說，突然感到自己責任重大。

貢詹的「嗡嗡聲」，代表著文明起源。生命演化的規律沒有「目標」，人和每個個體的出現，是無數巧合湊成，但不代表我們不能在混沌中尋找自身的目標。人創造了文化、語言、道德、宗教、哲學，擺脫了千萬年來基因遺傳的暴虐與囚牢，自主自立，創造了值得珍重的價值，正是人獸之別。

第五章

眾生平等，但有些動物比其他動物更平等

海鞘

「這個海叫甚麼名字？」

花山海岸極目遠望，行山友說這是香港的東海，地圖上說這是中國的南海，我說這是地球的西太平洋。

「海的那一端是甚麼地方？」同行的朋友問題很多，請原諒，有些來自內陸，第一次看海。

我指著遠方說：「看到嗎？太平洋對岸，就是加州三藩市。」朋友認真張望，當然找不著對岸。地球是圓的，海平面是彎的，水氣會折射，霧氣也朦朧。第一次看海的朋友，真的會很興奮，無限好奇與天真。

那年那天，第一次認識潮池，在加州海岸。潮漲潮落，浪花淘過石灘上的岩礁，瞥見潮池裏，有一片依附在岩壁上的奇怪東西。

反智或睿智？這就是海鞘。

拿在手上，像一隻乾枯的辣椒，又像一朵不幸地落在鹹水裏被鹽份搾乾的小花。問同行的海洋生物學教授這是甚麼，他說：sea squirt。噢，這就是海鞘。

海鞘樣子平凡，但生命軌跡奇特：你會以為是植物，不，它是動物。生物學分類，海鞘屬動物界，脊索動物門(Chordata)。它本來有脊樑，也有一丁點腦袋，但成年後，它倚傍岩壁，附於高牆，脊索退化，對周遭世界麻木不仁。

你能想像嗎，這位海鞘老兄，年輕時像小蝌蚪，在大海裏暢泳，搖頭擺尾，在海浪裏奮力探索。大家都是天地間朝生暮死的蜉蝣、浩瀚煙波裏稍縱即逝的浪花，但年輕的海鞘，畢竟屬「高等生物」，歸類脊索動物，有脊樑、有神經管束。生命演化史裏，千萬年過後，有些脊樑慢慢演化成腰骨，神經管道就是大腦的前身。

海鞘的生命之道，卻反向而行。

也許是天性的呼喚，當成熟的時刻來臨，海鞘年輕時的活力、奮進、好奇，一下子消逝，變得世故，追求安逸。海鞘如果活在陸地，它大概一頭栽進高牆，緊緊黏附；在浪濤中，海鞘會鑽進海床或石壁，穩妥地把自己黏在靠山之上，一動不動。海鞘不再探索這世界，尾巴消失，失卻動力；它的脊索與神經系統，也退化散失。用演化生物學家道金斯的說法：海鞘 settle down for life，它安頓下來。

海鞘安頓後，不再需要「腦袋」調控身體活動，可以省卻思考，於是索性把自己的神經節分解，變成養份，自己吃掉自己，道金斯形容，就是 eat its own brain，把自己變蠢。

你或許奇怪，海鞘明明有腦袋有脊樑，為何要自殘自囚？明明可以在浪花中自由暢泳，為何要自綁手腳？

不必為海鞘擔心，它們早已於演化長河中，覓得三餐一宿、刻鑄安身立命之道。海鞘安頓下來以後，會分泌出一種類似植物的纖維質，包圍自己，保護小我。海鞘的身體，退化至大約只剩一個充滿海水的袋子，有兩條吸管，把海水吸入排出，過濾水裏的浮游生物。它們努力地吮吸，得三餐溫飽。黏附高牆雖得安穩，如何繁殖下一代？不用擔心，它們雌雄同體，近親繁殖。

你說這生活方式反智，海鞘說這才叫睿智。有些生物學家說過，當人類滅亡後，適應力頑強的老鼠將要統治全世界；當哺乳類動物的時代終結，細菌病毒會在旁竊笑：你們的存在只是一剎那的光輝，被清零的是你們。海鞘們繼續依附岩壁，延續五億年來模樣。他們豎起「前面波濤洶湧」的路牌，婆口苦心告訴你，世界很危險、自由暢泳很痛苦。他們是生存老手，準備笑到最後。

草原狼

草原狼（coyote），你有一個令人嚮慕的野性名字。加州死亡谷的荒原上，你是我第一頭邂逅的狼，你蹲在路邊盯著我，我在車上瞧著你。

常有人問，狼與狗有甚麼分別？看著你，狼大概就是狼一點的狗吧。草原狼的眼神也許有點兇，你不會伸長舌頭扮可愛，當然，我也不會上前摸摸你的頭、或為你搔搔背。人狼對望，我們互相尊重。

我的草原狼朋友，你蹲在這裏幹甚麼？狼的領地，應是廣闊草原，金色的夕陽餘溫下，浩瀚黃土有點荒涼，蔓草看來乾枯瘦癟；但在荒原追趕落日，奔馳捕獵，是草原狼的命途；滾滾紅塵的公路邊，不是你的地方，你不應久留。草原狼，看著你不肯走開，我明白，你肚子餓了，要吃的。

與你對望著，我從你眼眸深處，看到千萬年前，荒野一隅，你有些先祖選擇了一條不歸路。在那遙遠的從前，人們還沒有車子、沒有照相機、沒有餅乾；那時的人，最寶貴的智慧，是懂得生火，懂得打造石器作石斧與箭頭。所以，我們縱使沒有你們的獠牙利爪，也懂得捕獵。

那時候，原始部落的火堆旁，一頭餓著肚子的草原狼，在篝火旁的暗處探視，人們拋給牠一塊骨頭，牠高興地啃，慢慢地，牠選擇了一種較容易的生存方式：牠跟隨著火種、隨著主子的腳步，等待骨頭與剩肉。從此，這些草原狼毋須在荒原勞碌奔走，牠得主人庇佑，保兩餐溫飽。

你選擇主人，主人亦選擇你，舒泰的生活要付出代價。農業社會伊始，人們逐漸把野狼馴養為狗。草原狼啊，你的祖先們，每位都有不同外形不同個性，有的性格暴戾、面目猙獰；有的溫馴可愛，討人歡喜。主子當然喜歡愛搖尾巴的狗，那些甘願放棄尊嚴，隔著三丈遠嗅到主人氣味就歡天喜地、撲上去替主人叼鞋的，總能被挑選，好好活下去；那些野性難馴的，亦非一無是處，只要懂得牧羊，或作門口狗，守著家門對外人狂吠，忠心服從，也可以好好利用。

草原狼，你不會明白甚麼是演化論，但所謂「物競天擇，適者生存」，狗之演化亦雷同。由狼至狗，你的遠親，樣子由猙獰變得可愛、性格由暴戾變得溫馴，對主人恭恭敬敬，吐舌屈膝；對外則張牙舞爪，狼假虎威。這些變化，並非「天擇」，而是「人擇」，選擇者雖然不同，但機制相似。千百年來，人們根據自己的喜好，選擇樣子較可親、性格較溫和、唯主人之命是從的狼來飼養及配種，繁衍下來，一代比一代忠誠，都是人們喜愛的樣子與性格。

看著你的眼神，草原狼，你有點不以為然的樣子，你不相信狼變成狗，就是這麼簡單嗎？其實「人擇」不難，俄羅斯科學家 Belyaev，半世紀前開始進行一個著名實驗，嘗試把野生銀狐馴養。實驗室把銀狐幼子分成三類，餵飼時遠遠避開，從不與人接觸的是第一類；吃東西時不介意被人觸摸的屬第二類；第三類小銀狐，主動接觸人，還會向人發出叫聲。科學家只選擇第三類小銀狐有系統地配種，怎料野性的銀狐很快變得溫順，繁衍三十代以後，竟有七至八成的銀狐愛與人嬉戲，會舔拭實驗員的手，愛吸引人注意，外型與性格，變得如狗一樣。

草原狼啊，狗雖然豐衣足食，但被主人圈養，喪盡天性，實在可憐；忠心耿耿的狗，有奶便是娘，主子永遠是對的，對上奉迎，張口吐舌；對外則惡相盡露，卻又膽小，欺善怕惡。有些狗變成玩物，身不由己，更惹人憐，如沙皮狗，皺皮怪相，樣子魯鈍，狗不成狗，顏臉無存，一切只因主人喜愛；街上的芝娃娃，四腳穿著七彩冷襪，頭戴哪吒髮髻，這些狗，自以為高貴，博得恩寵，感覺良好，卻不知自己是一個笑話。有些富貴人家，愛飼養純種狗，只能近親繁殖，結果多數體虛多病，羸弱難救。

草原狼，你明白了嗎？為了一口安樂茶飯，狗失去本性，身不由己。走上歪途，就從你乞求路過的人，丟一片火腿給你開始。

草原狼望著我，我望著草原狼，對不起，我不會給你食物，前路也許有點艱苦，但請你繼續在原野奔走，無拘無束地闖蕩，我不想你變成一頭狗。

加州死亡谷的草原狼，向我說故事。

遊牧狗

我在伊朗露營，碰到了幾頭狗。

坦白說，我不喜歡狗，那些可愛可親的狗、那些念念不忘向主人示忠的狗，都是人類千萬年間有意無意按自己喜好配種塑造出來的模樣，乃是人擇的結果，並非巧合，不太溫情。

走了一整天，我們翻過 Zagros 山脈，走進遊牧民族的領地，谷歌地圖出現異象，我們所在山區，沒有標示小徑、沒有任何地名，空白一片，真正遠離文明。暮色蒼茫，丘陵地帶猶未見任何帳篷。嚮導說，很快就到，前面要過一條河，夜已黑齊，路仍未見盡頭，才發現原來我們要過一條蜿蜒曲折的溪流，十次。

潺潺水聲，我們在星幕下行澗，涉水沿溪前行，走了最後一小時，終於走出峽谷；草原上有一家牧民的營幕，孤獨的油燈在遠處或明或滅，迎來幾頭兇狠的狗，吠聲迅速來到跟前。

嚮導早有準備，雙手舉起行山棍迎戰，為首的一頭狗飛撲而上，被擊倒地上，一眾同

伊朗山野最後的牧民

黨不罷休，繼續奮力狂吠，一步一步靠近。牧民趕來喊停，幾頭狗仍然唬唬作勢，不肯收聲；主人在前，牠們惟恐吠得不夠落力。

牧民生活簡樸，草坪上鋪了地氈，我們圍爐取暖，吃著面包與羊奶芝士。那幾頭狗，幾乎沒有閒過。

狗狗看來年紀甚輕，而且個子小，但真的盡忠職守，牠們每隔十來分鐘，就突然緊張地站起來，喉頭發出吼聲，雙眼發亮，似乎找到了攻擊目標，看得出體內腎上腺素急升，連呼吸都吵耳，牠們拔足狂奔到羊圈，彷彿追趕甚麼，卻從來不會走遠，裝作驅趕暗夜中靠近的狐狸，向主人展現自己存在的價值。

然後，牠們會安靜一會，十多分鐘後，重新演出一次。如是者，徹夜不停；我睡在帳篷裏，地面特別傳聲，聽著牠們奔跑的腳步、張大喉嚨狂吠，由左至右，由右至左，環迴立體聲；牠們彷彿認定四周滿是敵人，吠個不停，才

能彰顯活著的意義。

晨光照亮帳篷，狗吠聲稍歇。我起來觀察牧民生活，男女界線分明，男的大清早去趕羊（即是行山）、待在山間大石上冥想（羊吃草不需你教），半天都是 me time，中午回到營地張口就吃，下午在帳篷半臥半坐吃著黃糖喝茶，埋怨部落的女人都想嫁到城鎮過現代生活。

女士們嗎？母親粗糙的雙手整個早上沒停過——搓面粉、生火、挑水、燒水、煎餅、宰雞、洗碟、洗衣、照顧羔羊、追趕走失了的一頭羊、照顧小女兒、擠羊奶、製作乳酪；休息不一會，男人回來，立即燒水、奉茶、備午餐，以上一切重複一次。如果我是女人，我會渴望遊牧民族快些消失。

牧民養牲畜，不是因為愛，是因為要生存。小女孩擁抱羊羔，狀似相親相愛，轉眼她幫忙分隔小羊，不讓牠待在母羊身旁，為甚麼？因為要避免羊羔把羊媽媽的奶都喝光；用甚麼方式？小女孩不夠高，一手抓起羊羔後腿，羊頭拖在地上就走；

殺雞，女人就在走地雞一族眼前上演割喉，示範血流成河，然後拔毛與火燒，這就是走地雞的生死教育。

狗狗們如此竭力表忠，牧民如何對待狗？從阿媽到小女孩，可能生活苦悶，常會無緣無故拿起地上石頭就擲過去，有時會走到狗身邊，一大巴掌就摑過去，忠誠的狗狗垂著耳朵，只能嗚嗚兩聲，避走幾步，但又不敢走遠。

你可能說，那是狗的天性，不要怪罪狗狗。

曾幾何時，牠們都是野性的狼；當牠們的祖先靠近草原的篝火，接受人施捨的剩肉與骨頭，牠們從此埋沒本性，不能自拔，從此只認識一種生存方式。性格可以塑造，只要拋出少許甜頭，必有自覺馴服的一群。

一頭狗，確實沒有選擇。

母羊

伊朗中部 Zagros 山脈為何還有遊牧民族？因為沙漠中的高山，冬季嚴寒、夏季炎熱，當地氣候乾燥，牲口要逐水草而居。牧民每到一處，清晨就開始放羊，由於嫩草不多，羊群有時要走得很遠；駐紮數天後，就要拔營到另一端芳草地。

有天，我們在山頭，遇上一頭落單了的母羊。

廣闊的丘陵地帶，四野無人，牧羊人與他的羊群無影無蹤，落單了的羊站在小山崗上四顧張望，似乎甚為憂心。看清楚，原來是一頭剛分娩的母羊，腳下還有一頭剛出生的小羔羊，只能勉強站起來，蹣跚走兩步又倒下；母羊還染著血，不敢離開羊羔半步。

母羊在野外生子，追不上羊群覓食的步伐。我們的嚮導說，母子處境很危險，因為這裏有狐狸，入夜就出動，母羊無能力保護小羊，亦無辦法把羔羊領回一小時腳程外的羊圈，若牧羊人一直不察覺，沒有回頭把羔羊揹回營地，母羊羔羊都活不過今晚。

母羊舉頭張望，似在找尋同伴的蹤影，羊鈴聲在幽谷迴盪，羊群已走得很遠。牠們只顧低頭吃草，無暇兼顧走失的手足。

野外分娩的母羊，沒有能力保護羊羔。

習慣了被馴養，連保護孩子的能力也會失去。羊的一生，乖乖地跟隨大隊，聽命牧羊人帶領，穿梭冬夏營地的水草，求得些許豐衣足食；吃飽了，返回羊圈休息，第二天，重複一樣的生活；生了小羊，母子相聚時間很短，大約只半年，牧羊人就會趁價錢好，把羊羔賣掉；羊老了，宰掉成為盤中餐。

習慣了被馴養，就休想命運自主。此刻，母羊沒有任何選擇，牠只能站在原地，渴望牧羊人回頭，把牠們帶走，關進羊圈，苟且偷安，靜待某時某日的宰割。

習慣了被馴養，羊圈就是最安穩的地方。牧羊人回頭找到牠們時，也許還會拋一句，如果沒有我，你早就死掉了。

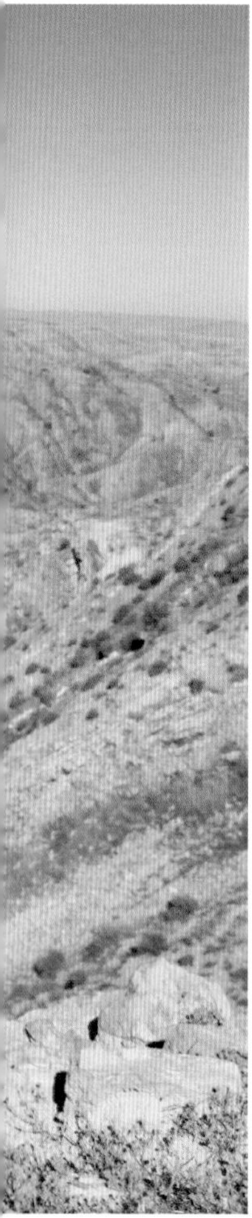

請放心，十分鐘後，我們在山徑上碰到牧羊人，告訴他母羊的事。母羊應已獲救。

變色龍

變色龍的專長，就是變色，周圍環境是甚麼顏色，牠們就變甚麼顏色，不用思考，沒有痛苦，理所當然。

變色是一項絕技，身處任何時空，從綠色、藍色到黑色，過渡到紅色，都能徹底融入環境，淡淡定定，面不改容。

很久以前，在東非小國馬拉維的小旅館中，有人從樹林捉了一隻比巴掌還大的變色龍，放在飯桌供人把玩，我才明白，變色龍其實很可憐。

變色龍離開了熟悉的樹林，牠們就孤立無援，茫然不知所措。在平民的餐桌布上，不論變色龍如何努力，也不懂把自己一身顏色變成一個個格仔；更悽慘是，牠們連走路也不懂。

我用驗屍的眼光仔細研究，發現變色龍的腳有特別構造，牠腳掌及爪皆彎曲，方便牢牢抓緊樹枝，牠們擅長攀附，抓著枝幹往上爬。變色龍落在又平又滑的桌布上，無枝可攀，無處著力，變色龍試圖拔腿離開，原來動作極緩慢，比電視劇的慢鏡重播還要慢，空有四

隻會攀附的彎彎腳掌，最後只能呆呆站在桌上，竟然不能動彈。

牠色彩鮮艷，額上有獨角，我問旁人：有毒嗎？他們說，變色龍空有外表，放在手上把玩也可以，牠不會逃走，根本無能為力。這時，站在格仔桌布上的變色龍，仍未死心，想把自己變成紅白格子模樣，努力得有點額頭冒汗的樣子，實在滑稽，算了吧，這裏根本不是你的地方。

落到凡間，往日的自信與威嚴，一下子蕩然無存。我把牠放到手掌上，牠伸直尾巴的話有兩隻手掌長，是一頭很大的變色龍。牠站在我手上，似乎舒懷了一點，因為最少兩隻腳可緊緊攀附我的手指。

我和變色龍近距離對望，看清楚牠古惑的雙眼，牠圓圓的眼球凸出，可以三百六十度全方位旋轉，兩隻眼睛可以分工合作，監察前後左右上下不同方向，對焦不同物件，所以變色龍的視力據說冠絕同儕，別看牠呆站著，牠一雙眼睛不停在轉，檢討自己的處境，搜尋攀附與覓食的良機。

變色龍變身自動捕蠅器

變色龍似乎站得有點累，於是我們找來一根樹枝，牠很高興，四隻彎曲腳掌立刻抓緊幼枝，像找到了生命的立足點；牠捲曲的長尾巴，等同第五隻腳，也緊緊纏繞樹枝。

午餐時間到了，我帶變色龍到樹下，一群蒼蠅的家，牠乖乖站在我手上的樹枝，變身自動捕蠅器，向我們示範飛舌捕食絕技，聽命地幫我們除掉討厭的蒼蠅；牠舌頭跟身軀一樣長，能如子彈般彈出來捕食，捲著蒼蠅，百發百中。美食當前，牠很興奮，眼睛炯炯有神，完全忘記了剛才的苦惱。

變色龍彷彿在說：搵食係大晒的。

我們拿著自動捕蠅器，玩了一個下午，變色龍吃得肚滿腸肥。最後我們把變色龍放回樹上，牠立刻變色，攀上枝頭，一瞬間消失了蹤影。

蠢驢

旅途中，見過最笨、最可憐、最悲劇的動物，非驢莫屬。

被困在囚籠中的獅子老虎猩猩猴子，牠們失去自由，每天在籠內假山旁踱步、或在斗室裏的熱帶雨林盪鞦韆；雖然有時顯得沒精打采，但有一次我在動物園邂逅一位婆羅洲紅毛猩猩，隔著朦朧的玻璃與牠四目交投，牠上上下下打量著我，猩猩的眼神從容而釋懷。紅毛猩猩說：「你班傻佬，你的籠不比我的大多少。」

看著牢籠裏被囚禁的美麗靈魂，你得有一點尊重、加幾分內疚。那些活在籠外卻自劃界限兼心目閉塞的動物，才真正鄙陋悲哀。

驢子嘛，非洲某處的破落小鎮，人們讓牠在街頭亂走，牠們本來可以自由自在，拔腿便跑，逃之夭夭；但驢子只喜歡徘徊在熟悉的垃圾堆旁覓食，不敢越雷池半步。主子們早知牠的本性，不須繩索的牽絆，牠們自會呆站原地，乖乖等候差使。馬與驢是近親，但人們稱馬為「駿馬」，牠們野性猶在，性喜發足狂奔；人們貶驢作「蠢驢」，用「蠢驢」罵人，只因驢子實在太不爭氣。你看清楚蠢驢的樣子，牠們無時無刻垂頭喪氣，看著牠們的眼睛，你會看見自卑與鬱結；蠢驢愛為主子賣命嗎？當然不喜歡，但牠們認命。

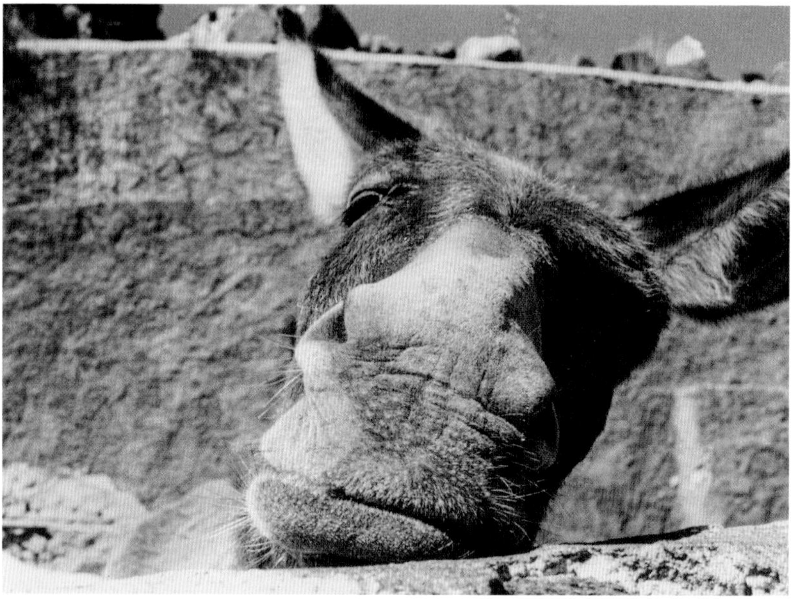
街頭任勞任怨的驢

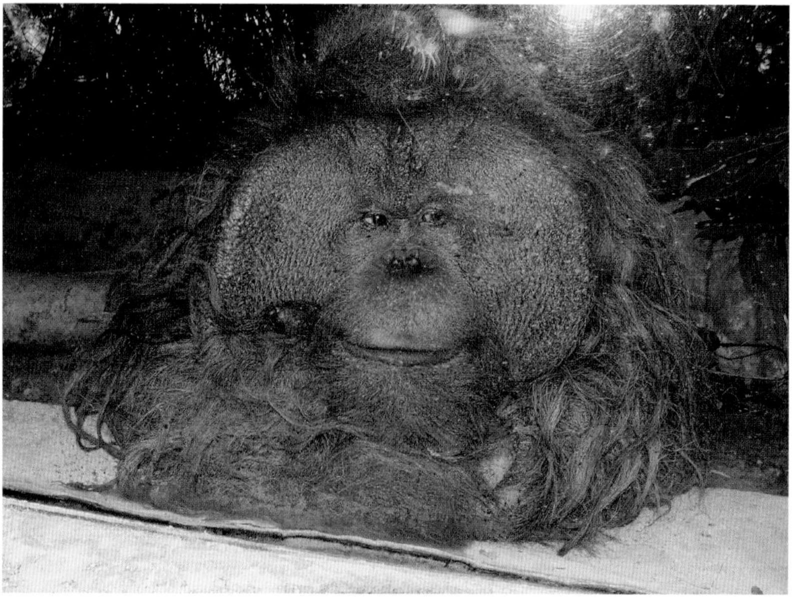
「你的籠不比我的大多少。」

驢子任勞任怨，背負擔子千斤重，牠們不吭一聲低頭前行。牠們沒有要求，人們棄於街角沾滿泥巴的粟米心、或地上幾條枯草，牠們連泥帶沙吞下肚。村民走過，總喜歡無故打牠們的屁股，蠢驢總是沉默，不會如駿馬一樣，起飛腳踢你；驢子甘於被利用，一切已經習慣，任主子踐踏而不懂還手，甚至練成一副無動於衷的樣子，屈辱就是正常。

驢子從來不笑。每一頭驢都在告訴你：生活便是如此。

蠢驢大部分時間默默無聲，但沉鬱中偶然會發狂，張口見喉，向天嘶叫，有如抽水馬桶的生鏽水泵故障時發出的那種刺耳金屬摩擦加沖水唔出的奇怪聲響，驢子連控訴也醜陋過人。

驢子向著甚麼人怒吼？詭異地，牠們雖然屬於被壓迫的一群，卻向著同樣受壓迫的一群狂號，願意做奴隸的人壓迫不願做奴隸的人，受壓迫者反過來壓迫受壓迫的人。蠢驢為甚麼這樣做？因為牠們覺得飽食最重要，有人搶飯碗最可恥；誰來搶飯碗？驢子也不大清楚，聽說如此，牠們就信。

請不要取笑驢子，牠們是奸險人類精心擺布的產物。看青藏高原的野驢，牠們鮮褐色的身軀，在午後的燦爛陽光裏發亮；牠們在草原上拔足狂奔、自由馳騁，這才是牠們的本性。

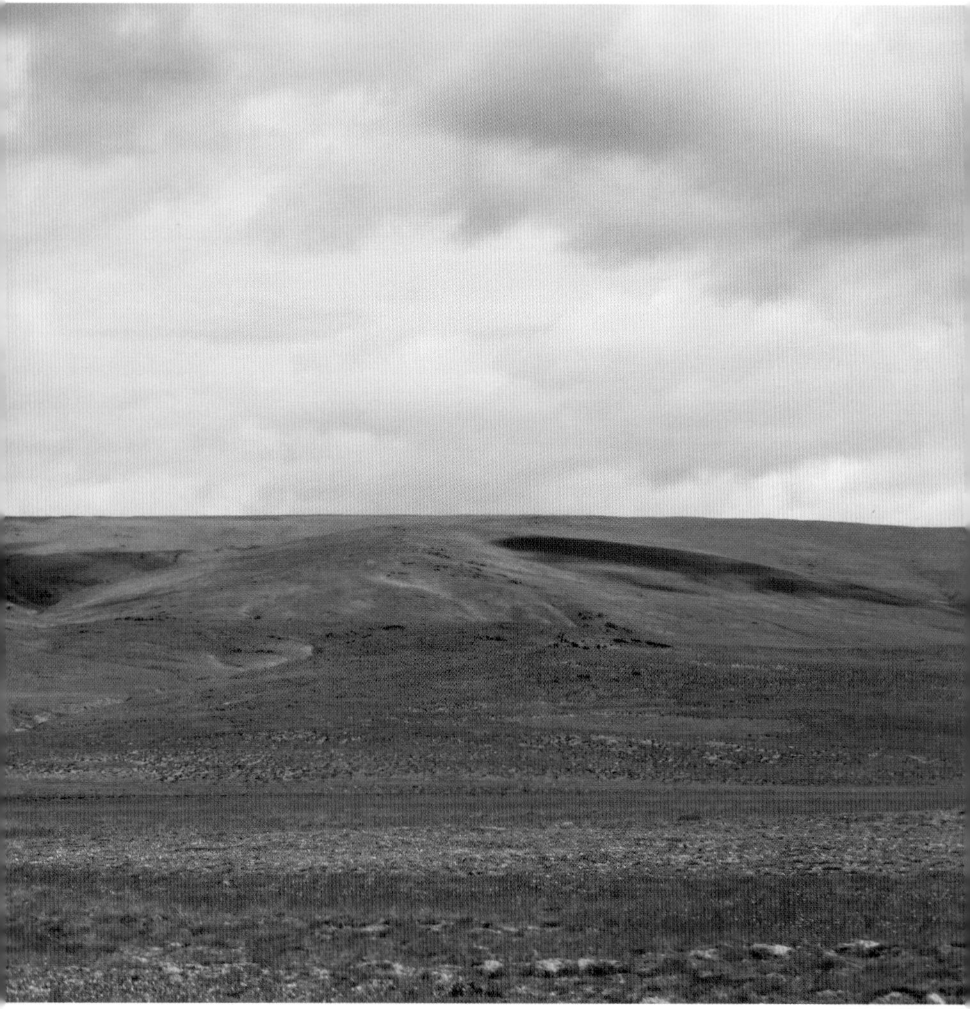

未被馴養，青藏高原的野驢。

記憶大象

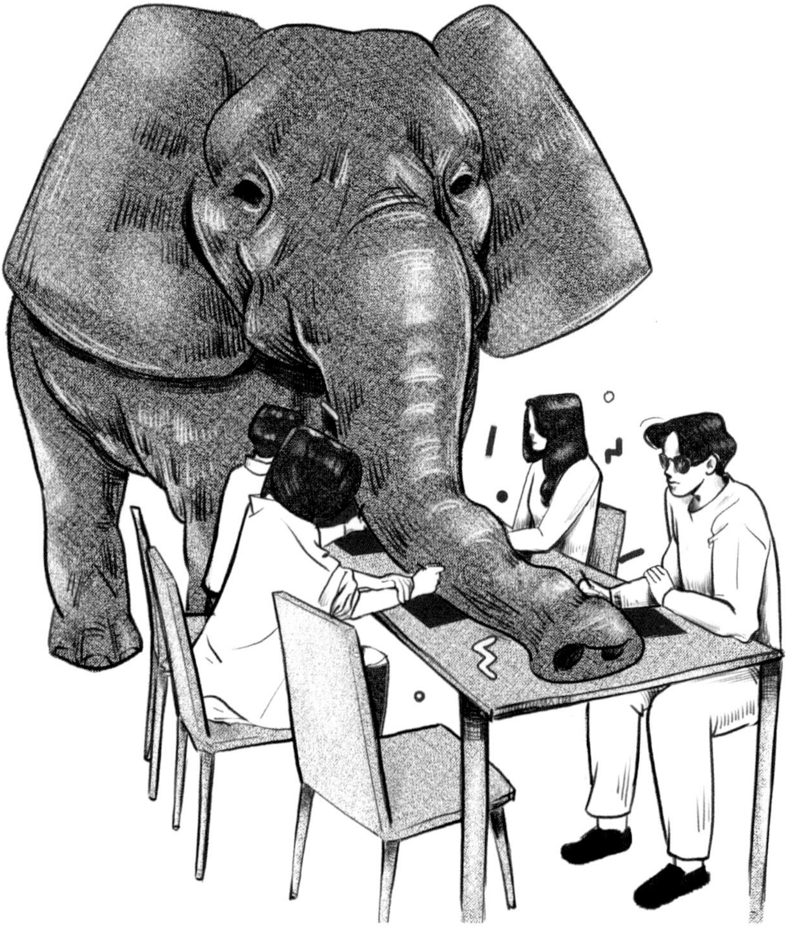

西諺有云：‘elephant in the room’「房間裏的大象」，意思是事實擺在眼前，但大家卻詐作不見，問題大得不可能忽視，每個人都知道，但大家都不談論、不講、不寫，就是「房間裏的大象」。

奇怪，大象確實容易遭忽視。人們遠赴非洲的野生動物保護區，焦點是獅子、犀牛、獵豹、長頸鹿等動物：獅子獵食，角馬大遷徙，當然是草原上的重頭戲。溫馴而行動緩慢的大象？每個保護區都有牠們蹤影，有如荒原上的灌木叢，只屬大地的點綴，看見了，等如沒有看見。

大象很安靜，牠們與世無爭，偶然象群走過，牠們大腳板的軟墊踏在青草地上，雖然身軀龐大，卻靜默無聲，嘴角永遠帶著呆頭呆腦的微笑。

我們的窮遊時代，正因為這種錯覺，在津巴布韋做了一件錯事。我們坐順風車，帶著一個臘腸形的扁平帳幕，在野生動物保護區一棵樹下紮營過夜。夜深時份，忽然被樹葉聲弄醒，打開帳幕，見到大象粗壯的腳，牠們一家大小，來吃宵夜。我們躲在帳幕中，非常惶恐，生怕牠們一腳把我們踏扁；但牠們沒有，只是安靜地扯下樹葉，牠們腳瓜雖然粗壯，但步履有分寸，不會亂踩，牠們有靈性。

不過，大象也會發惡，正是守護孩子的時候。

大象群居，象媽媽們互相幫助，一起照顧孩子。大象壽命長，小象成長期也長，小象直到十歲，也與媽媽形影不離，雄性小象十幾歲才離群獨立，與人類相去不遠。象群感到安全受威脅時，象媽媽們會排陣圍成一圈，把小象重重保護在中間，然後伺機撤退；情況危急時，象群的首領大媽，會身先士卒，張開巨耳虛張聲勢，衝鋒陷陣，毋懼獵人的重型武器。為了孩子，大象置生死於度外。草原的導遊告誡遊客，帶著小象的媽媽，千萬惹不得。

在非洲，有很多關於大象的傳說，津巴布韋卡里巴湖（Lake Kariba），流傳一個感人至深小故事。贊比西河兩岸，本來是大象的棲息地；發展是硬道理，幾十年前，人們築大壩蓄水發電，一個寬闊河谷活生生變作了幾乎看不見對岸的大湖，切斷了大象祖祖輩輩以來的遷徙路線。大象怎麼辦？牠們沒有忘記，有人目擊，兩頭大象沿著已被淹沒的舊日足迹，走進水裏；牠們互相扶持，累的一隻，把長鼻子靠在前象背上，休息一會，這樣不斷輪流游了一天一夜，整整二十公里，筋疲力盡，才游到大湖彼岸另一國。

大象執著、堅持，縱使環境改變，大象不會忘記。

所謂「國界」，對大象而言是荒謬的。大地一體，他們是草原的孩子，縱橫森林和原野，只有那些可笑的人類，築起「國家」，劃地為界。旅人穿梭草原，司機突然停車，指著同一色的草原說：那邊是鄰國的土地，我們不能再往前走了，大象會在旁竊笑。

國家有興亡，土地、家庭才是長存，大象都看得清楚。當親人摯友倒下，大象們會為逝者哀痛流淚，繞著亡軀，戀戀不去。

「當你不能再擁有，你唯一可以做的，就是令自己不要忘記。」電影《東邪西毒》裏，張國榮有這句對白。

Elephant can remember，在記憶與遺忘的鬥爭中，牠們把握了要訣；大象不笨，牠們記憶力驚人，記得歷史。象群長老地位超然，因為牠們只要曾經踏足，就能記住水源的位置，在旱季，非洲草原上的獵人，常常跟隨大象的足跡，掘開表層的泥土，找到地下水源而活命；大象也懂得感應氣象，知道何處有甘露降臨。久旱之時，大地荒涼，大象的記憶、土地的歷史，就是族群存活的關鍵。

第六章

終究我們跳不出地球，也去不了火星

震懾

在斯里蘭卡吃咖喱，民宿屋主最愛盯著你，笑問：「如何？」

在旁的歐洲遊客，擺出百分之九百超絕誇張的神情，睜大眼、張嘴、搖頭讚美、驚呼：太棒了、我吃過最好的咖喱！太太太美味！！STUNNING ！！最令我驚嘆是「啊噢，我的天啊！！！」聲線哄亮，嚇醒上帝。

連忙看看我的幾小碟咖喱，是不是遺漏了一些甚麼還未吃。看來沒有。

斯里蘭卡民宿餐牌上的選擇，有咖喱雞、咖喱薯仔、咖喱菜、咖喱蛋；我嘗過了味道很好的咖喱，今晚這餐色香味濃有層次，我以一貫持平中立客觀實事求是的姿態回答老闆說：味道很好。顯得太過平實，相比國際友人的讚頌，我的語氣簡直在諷刺。

印度腳下的一個大島，斯里蘭卡山區，早已被英國人開發，小火車把錫蘭紅茶帶到全世界。山野一團團茶樹排列整齊，茶香隱約可聞，立頓紅茶在這裏起家，絲襪奶茶是這山來的茶渣。

有山，就有神山。斯里蘭卡神山，英文名叫Adam's Peak，「阿當的山峰」，斯里蘭卡文的本地名稱，直譯是「神聖腳印」。

朝聖季節，人們爬山看日出；夜深，山上燃起一路的燈。人們去朝聖，因為山頂大石上，有一個巨型腳印。

佛教徒說，那是佛祖走過留下的腳印；印度教徒說，那是濕婆走過留下的腳印；天主教徒說，那是阿當走過留下的腳印。

我登上山頂，找尋神壇裏的腳印，看不見任何腳印。

斯里蘭卡山區，還有一個地方，叫「世界盡頭」(World's End)，一聽名字就知是騙局。

「孤獨星球」導遊書裏，好些介紹都說，這一帶山區景致 stunning，我等背包浪遊慣犯，自恃見多識廣，斷言適合種茶的山區，從未見過「震懾」景致。類似之溢美修辭，不能相信；寫旅遊書，當然說處處好景，假如忠實報道，遊人不來，就沒有人買你的書。

如果旅客抱著「勇闖世界盡頭」的浪漫想法踏足這山，無疑天真得不可救藥。所謂「世界盡頭」，是一個高原國家公園裏的懸崖。不能怪當地人取名「世界盡頭」，對山民而言，他們一生所見，就是延綿不絕的山嶺，群山就是他們的世界，人們爬上二千米高山，發現無人跡的高原，走到最遠，是一道據說八百米高的絕壁，路盡於此，也就理所當然成為他們的「世界盡頭」。都是觀點與角度。

人們遠赴此地，登臨「世界盡頭」，反應就是無反應，最多「哦」的一聲，心想：這名字改得真好。

懸崖沒有八百米高，也沒香港獅子山的獅子頭般險峻。看到了雲海，不錯。像我這種自以為看過各種形態日出日落風雷雨電雲天星宿的麻煩人，要認同「孤獨星球」裏最常濫用的 stunning 一字，越來越難。

不可能震懾

然後，我們來到一個叫 Ella 的地方，這邊山區，無論如何，不可能「震懾」。山勢起伏不大，沒有尖峰沒有深谷沒有奇石，茶場興旺了百年，正因為這裏霧氣重。白茫茫一片，甚麼都看不見，如何「震懾」？

雲霧繾綣的山野，這裏唯一活動是遠足，於是，下著微雨，也起步吧。

我相信，每一條路，都有獨特風景。（動聽，可安慰自己）

如果沒有獨特風景，也總算走過，過程最重要。（也似乎有點說服力）

如果過程也沒有甚麼，就當鍛煉身體吧。（老遠跑來鍛煉……？）

目標叫 Ella Rock，附近一個地標的懸崖頂，起步不久，就有獨特風景：走在火車軌上。這裏的百年山區小火車，班次少，路軌地基平坦、不積水、有穩當踏腳處，很好走。在路軌上邊走邊跳，偶然有火車經過，要閃避，未試過，興奮了十分鐘。

然後，開始不對勁，霧氣不散，山頂大霧，爬上去，準是一片灰白，想過放棄。

既來到此，多走一步吧。

走了兩小時，最後一段，山勢高峭，爬得氣喘，得到山頂，仍是大霧，只是偶然霧氣略散，揭開山谷的面紗。

也不錯，像香港的飛鵝山。

絕大部分山客，來到山頂觀景點就回頭。這山頂是一大片平原，有密林，幽深、霧又起。那邊密林，山客不屑一顧。

既來到此，多走一步吧。

於是，我們走進幽深之境。雲霧繚繞，或濃或淡，林深不知處，一步一驚愕。

懾人心魂，stunning。

迷路

印尼峇里島不算大，市中心外，路也沒有多少條。長著一副老實人臉孔的本地計程車司機盯著旅館地址的字條，面有難色，深深吸了一口氣，然後踏油門上路去。

個多小時路程後，已離開了司機熟悉的路段，車子慢行，步韻充滿猶豫，最後停在路邊。

司機說要問路，我說不必了。

司機似乎第一次到這邊，我也是第一次來峇里。我們訂的廉價旅館位處較偏僻，但也在大路邊，怎會找不到？我告訴司機：「不要擔心，沿路一直走，還有十五分鐘才到。」「前面路口轉左，下一彎位轉右。」我一路領航，老司機欣然從命。

我滿有信心，因為拿著手機，手機有地圖有衛星導航。我繼續說：「大約還有三分鐘到。」語氣故作輕描淡寫，再刻意加幾分猶豫，乃不想喧賓奪主，冒犯不懂用智能手機的老司機的專業。

迷路的風景

街上旅人，已不見人手一本導遊書，商店已沒有人賣地圖，因為人人電話在手，初次踏足，恍若識途老馬。只須鍵入搜尋，鄰近食肆景點所在、距離、旅人品評、價錢、營業時間，一目了然，資料既快又新，我們為何還需要厚厚的導遊書與不知如何攤開的紙地圖？

人生路不熟？已經沒有這回事。生疏的地方，有了網上地圖，路很熟，甚至比當地人更熟悉。

今天旅行，已失去迷路的樂趣，一切都可在預計之內，安穩而有效率。

上一次難忘的迷路，大約在斯里蘭卡，古都的塔群邊陲。那時內戰結束不久，軍人過剩，站崗者眾，最適合為遊客指路。我們騎著單車，古都路直路彎，摸不清方向，兵哥很友善，詳細解說，轉右轉左再轉右，指路指出了相反方向。

姑且信大兵，結果深度迷路，闖進無人之境。忽見大樹參天，水潭粼粼波光，單車輪軸，答答微響，喚醒了池旁白鷺，牠們展翅低飛，單車闖進了牠們的飛行軌跡，白鷺在我們的前後左右，翱翔而過。此時此刻，如綠野仙蹤、童話漫遊，我嘩嘩大叫，開始擔心我們太親近，人鳥相撞而亡。

在大城小鎮、山川郊野，若想盡情迷路，應用雙腳走路或以單車代步，穿過陋巷窄路，才能遇上未被糟蹋的地道文化與當地人的真正生活。名聲太盛的古剎還是要參觀的，盡可能跳出遊客作息的規律，待人家寺廟快關門了，在參天大樹下賴死不走，感受遊人盡去的寧靜淡雅，最後等到和尚晚課，誦經聲潛藏天地，才算不枉此行。

如此這般，也許能尋回一絲飄泊浪遊，不知今夕何夕、此地何地之感。

巨大佛塔下，僧侶正布置節慶用的彩布。

一扇窗

有一年，在四川雲南長途採訪後，終點站在大理，朋友推薦大理古城一家台灣素食者辦的民宿。時值淡季，老闆熱情款待，我們一同揹著竹簍，到露天菜市場買瓜菜水果與新鮮豆腐做飯，準備小住數天寫稿。

雲南名城，數麗江與大理，古城麗江因「世界遺產」之盛名而過度開發，古城變了古裝街主題公園，相對而言，大理竟然還有幾分情調，古城邊陲，仍找到舊日足跡。

這裏吸引了一些台灣人小住定居，老闆的朋友串門子，品茶、聊天、吃全素家宴。新鮮菜蔬、寶島醬料、閩南口音、蒼山洱海、下關風狂怒、偶爾相逢的過客。

吃過午飯，我抱歉對老闆說：我還是要搬了。

這裏，我住不下去。老闆很明白。

這家民宿，是一間大宅，高三層，裝修新簇有品味，有廚房飯廳休息室，窗明几淨，網絡速度快，素菜色香味全，房租價錢合理，還有一頭懶洋洋的大狗。位處小丘上的田園，安靜舒泰，入住的一刻，只覺一切很好，只有一件事不妥。

我要求老闆帶我看看房間、看每層樓的大廳與天台陳設。我很想在這裏住下，貪婪的目光，四處尋覓一樣很簡單的東西：可讓思絮安歇的桌椅、一扇能令人放空的窗口。

這裏的茶几與沙發，無疑舒適，但太矮太軟，度假的小確幸，誘惑你慵懶，叫你放鬆遺忘，卻無法讓人坐直、好好地提起筆桿，整理見聞，記下旅途二三事。

每次長途旅行累極之時，或旅途中滯留等運到的日子，我只盼望在旅館中，找一張有感覺的桌子。就在大理舊城一條窄巷，給我找到。

一家安靜的旅舍，老闆含蓄地笑，叫我自己走走看環境。小客廳有書架，舊書有塵土氣味，內頁有旅客的墨跡：靜謐一室，本來如是的一張桌子，高度剛好，放電腦、日記、一杯咖啡，坐一天也不累。有些桌子、有些大廳，就是看一眼就知道，可以待下去而思如泉湧；廳內的過客，每個人都有浪蕩故事，心照不宣，沒有人會為沉默而尷尬。窗邊外望，小巷走過趕路的小學生與木頭車，隔壁老屋的磚牆後，是手作搾油坊，偶然飄來油香；結實的午後陽光，照亮每位過路人臉上的皺紋，我們隔著窗扉交換眼神。

暮色四合，湧來蒼山雲霧，路人退潮，小店門板合上，洱海狂風稍歇，老巷寂靜，偶聞過路人的腳步聲；旅館門牌下，街角暗燈中，我吃我的杯麵。

尋找怡人的一張桌子，我記起斯里蘭卡山區一家山脊民宿，客廳小窗戶，直望山巒無盡處，每天坐看雲起，觀茶農閒逸的腳步；小屋外，懸崖邊，雲聚雲散，晾衫繩下記事寫字。小廳裏，五湖四海新相識，不多言，卻言無不盡；不需相約，隨興而行，一聲再會，又不再相見。

美國遊學的日子，每天早上，準時佔領後花園，微寒的加州清晨，長桌上讀書寫字，澄明天地，看蜂鳥拍翼，聽密林裏的鳥鳴、等松鼠與浣熊路過、辨清日出日落的方位，捕捉彩虹的生滅。聽到自己的心跳，清晰自己的每一個動作。

大學裏的月豆咖啡座，草坪上兩張長桌，靜觀垂柳，聽單車輪輻飛轉，看毛蟲爬過，蟲變成蛹，蛹化成蝶；看綠葉枯黃，枝椏無言。一年過去，日光迴轉，換來一串回憶、一堆文字。那時的文字，如今再也寫不出來。

法國詩人波特萊爾曾寫道：「生命像醫院，每個病人都渴望換床。」生活的羈絆中，我們總希望在有限的空間裏，換個位置，嘗試看看不同窗戶的風景，讓眼睛與思想出逃，凝望點與點之間的空白：異鄉景物的光影中，看穿時間流逝的軌跡，輕探偶遇過客的心。

旅途上的尋索，千帆過盡以後，所需要的，是一扇有風景的窗，一張可讓人好好安歇的桌子。

留白

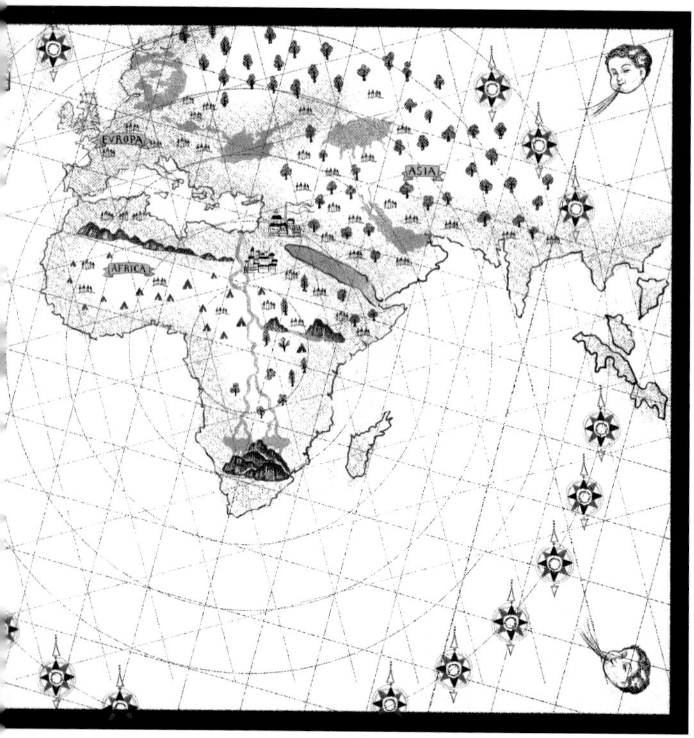

Salviati World Map 複製示意圖

有這樣一幅地圖。

整個美洲新大陸，只見粗略的東岸地形，後方的內陸一片空白。留白之處，佔了幾近半幅地圖。

這幅地圖叫薩維亞提世界地圖（Salviati World Map），繪於一五二五年，正值歐洲人發現美洲新大陸不久，探險船隊蠢蠢欲動。此地圖成為經典，正是那一大片空白，明明沒有資料，為何留白？正是繪圖師高明之處。任何人看到這地圖，都不免要問，那一片空白究竟是甚麼？一片未知的空白向你招手，等待你探索。

在《人類大歷史》一書中，作者哈拉瑞

(Yuval Noah Harari) 謂，歐洲人探索美洲的過程中，有一個思想上的大突破，承認自己的無知，知道自己之不知，看到地圖的空白，激發無限好奇心。

歐洲人征服新大陸，當然是著眼空白地圖處那些無限的財富。但仰望空白，承認無知，也同時預示當時神權與君權建構的世界觀，那種全能全知的權威體系，不堪一擊。另一邊廂的東方帝國，自以為掌握一切，不假外求，對世界缺乏好奇心，如當年鄭和下西洋，船堅炮利，航海技術領先同期歐洲人，但沒有持續探索的動機，發現不了新世界，正是中世紀東西方文明發展轉捩點。

行為心理學家 Chip Heath 謂，人們追求知識之心，源於知道自己之不知。人們要有了基本的知識，才會有決心去了解事物。如果連自己不知甚麼也不知道，根本不會有好奇心，難以提起興趣，難有動力去尋索。「知不知，尚矣；不知知，病也。」老子說的。

旅行遊歷，亦作如是觀。縱使登臨夢昧以求的歷史名勝「景點」，往往只見人山人海喧聲震天在自拍；多少人舟車勞頓排除萬難走進荒涼大地，又發現全球化戰車無堅不摧，深山淨土，喇嘛同你一樣上網打機；說是旅行，但俗務纏身，永遠在線，真正天涯若比鄰，繼續越洋處理公務。人在異鄉，心緒不寧，等如換個地方吃飯，晚上睡的床稍有不同。

然而，換了一張病床，總算有一個凝望世界的新角度，旅途上，也許言語不通難以盡情交談，也許盤川不夠時間羈絆難以盡興；也許欠缺歷史脈絡只能對眼前所見一知半解，但總算知所不知，深刻洞察世界之大，自己之空白無知。

人是反叛的動物，我們最相信是自己，人家送過來灌輸給你的東西不屑一顧，自己發掘的事情才是最美妙。就如這張薩維亞提世界地圖的空白之謎，輕敲你的好奇心，是不斷尋索的永恆動力。

時空旅人

試想像，蠻荒時代穴居的人，他們在山洞中生火圍爐，防避猛獸蛇蟲，為每一餐溫飽張羅時，如何認識眼前的世界？他們又如何通曉天地萬物與族群的故事？

沒有文字沒有書本的世界，人們只能把先人積累的智慧與經驗，口耳相傳，歷史變成故事，故事化成詩歌，變作傳說，千秋萬代加鹽加醋，真真假假，糾纏不清。

古人當然可以用雙腳去闖蕩，用雙眼去觀察，但森林和原野很危險，他們沒有像樣的交通工具。有人類學家估算，古人終其一生，甚少會離開自己出生地太遠，一般十多二十公里，普通人的旅行足跡，極為有限。

直到火車普及，新時代瘋狂加速。

英國曼徹斯特保留著一個平平無奇的廢棄舊火車站，世界上第一班城際火車，一八三零年開始，來往曼城與利物浦。今天我們每天總有一兩小時活在鐵軌之上，習以為常；試想像近二百年前，人們踏上呼嘯的列車，可以快速行動，生活的可能性大增。博物館記錄當年人們踏上火車的感受，一位乘客說：「飛一樣的感覺令人欣喜，又陌生得難以言傳。」

火車公司高層說：「旅人能活多一倍時間。」

生有涯，但人們登上了極速戰車，意味同樣的生命時間，可以走得更遠，見識更多；日後飛機火車繼續加速，彈指之間越洋過海。往日遠行，舟車勞頓耗費心力，今天，一個周末可去泰國度假，幾天就來回歐洲。我們比前人，活多了十倍百倍時間。

不過，任你橫行整個地球，始終只能踏足時空一個薄薄的橫切面，你或曾在二零一九年踏足布拉格，但你不可能回到一九六八的布拉格之春；你可以在二零二二年到訪柏林，但你不可能到訪一九三三的柏林看希特拉崛起。

文字與書本的出現，才是真正改變我們認識世界的最根本方式，我們能突破空間與時間的限制，跳出原始傳統社會的時空藩籬，不用透過別人的口述或扭曲去認識故人，而是直接閱讀文字或傳記，走進先賢或惡棍的內心、探索遙遠的時與地。用大英博物館館長麥格雷戈的話：文字能讓我們換另一種方式存在（They offer us the chance of other existences）。

看看書架上的藏書，每一本都能帶你時空漫遊，隨手一翻，你可以回到二千五百年前的古希臘看阿波羅的神諭；轉瞬潛行到六百年前的南美看印卡文明與西班牙惡棍的奇異邂逅；又可在回歸前的香港冒出頭來，回憶那漸遭遺忘的一點一滴，思索香港人的由來。一本小說、一本自傳，帶你潛入他或她的心靈，同悲喜、同呼吸、同想像。書，就是叮噹的如意門，開啟一扇時空漫遊的窗；毋須時光機，不須花心力買機票訂酒店安排行程，我們安坐家中，也可以當一個時空旅人。

英倫才子 Alain de Botton 在《旅行的藝術》寫旅行的自欺欺人，旅途上的回憶，都經過簡化與選擇；走過浮華大地的嬉笑與啟迪，都是記憶於壓縮與遺忘後的片段。旅人都知道，旅途上多數時間，可能是重複、沉悶、艱苦、困頓、失望，或不外如是，留不下一絲漣漪，日記一片空白。

但是，記下來的點滴，留得下的遊記，卻總是裝扮得精彩深刻，記述者未必在美化或說謊，只是我們習慣了一種說故事的方式，把零散串聯成連貫一體、讓平淡的不留痕、把混亂的情景隱沒，剩下的，就是生動吸引的出行日誌。

旅行能讓我們認識一時一地，親身體驗能令人明白自己的無知，但真正了解一個地方、一個人物，還是要讀書。捧著書，能打破時空隔膜，體察別人的生命與思想，走進另一種存在。電影與紀錄片亦如是，每個屏幕，每個故事，都是一趟光影旅行，讓我們穿梭時空，走進別人的內心，進入被遺忘忽略的時與地。

行萬里路，也要讀萬卷書；每次旅程的結束，只是認識一個地方的開始。只要你願意，甚至不需要旅行，每個人都可以是時空旅人。

一如蘋果電腦創辦人喬布斯所言，一生累積的每一點滴，終有一天，會連結起來。旅途也許疲累困頓，甚至不堪回首，但途上的見聞、書本上的啟迪、每個潮池與斗室裏相遇的人與事，都會成為我們知識的原點。

時日匆匆，點連結成線，線編織成網；那年那天的經歷，就是每個人識見之網，生命中的珠串不能磨滅的故事。

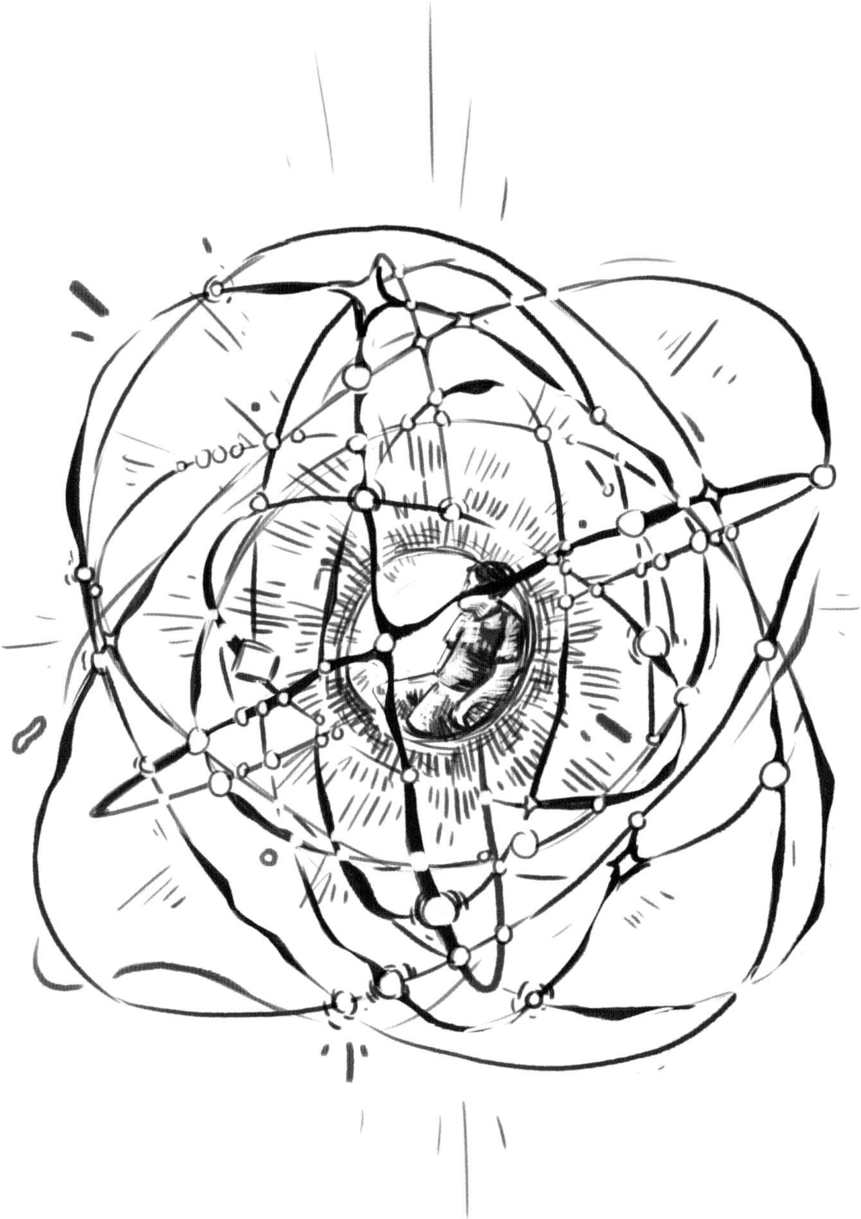

落差

很久以前，在那個容許妄想，傳說中只要努力，夢想會成真的時代，我曾經幻想一種終極的旅行。

那時候，「廿一世紀」好像很遙遠，年份由「一九七X年」年翻到「二零XX年」，像是時光大飛躍，人類歷史跨進一大步。「二〇〇一」、「二〇一〇」、「二〇二〇」、「二〇二一」、「二〇六一」，皆屬於科幻小說的年份，一種飛馳星際的美麗憧憬。

那些年，美蘇爭先登陸月球，大家都在研發穿梭機，報章雜誌充斥對未來的幻想，連設計圖都已經畫好。到二〇二〇年，我們飛越隕石旁的天際、在月球基地度假、穿梭機班次像巴士一樣頻密，再見了，我要移民火星！我要去木星探險！天真的我，曾經以為那是我們的未來，曾經以為那些白紙黑字圖文並茂的藍圖都是真的。

現實殘酷，一切承諾皆空。穿梭機爆炸了、退役了，蘇聯也崩潰了，半世紀以來沒有人再登陸月球，因為太空探索這回事勞民傷財，「太空殖民」是無底深潭的投資，只剩下「神舟」大業仍然興致勃勃，「出征」儀式一貫慷慨激昂振奮人心，但是太空站仍然只是圍繞地球軌道，載人飛船也沒有去得更遠。

太空旅行倒是有的，美國富豪的「太空旅行神器」載名人「遊太空」，不要太興奮，除了直落式回收火箭推進器算是新意思，原來大費周章，只是射你上「外太空邊緣」，回看地球，感受一下自由落體掉下來的零重力。多年前因為要採訪中國太空人受蘇聯訓練的秘聞，到俄羅斯親嘗「失重飛機」的太空人訓練環節，其實只是一架波音七三七飛到高空關掉引擎讓它掉下來，感受幾十秒的失重狀態，屬於絕低科技。

時光荏苒，我們曾經相信未來日子很美好，然而，「二〇二〇」那些科幻小說的年份早已過去；現實是，我們跳不出地球，去不了火星，今天坐困愁城，護照用不了，眼前是一個大牢獄。

不能向世界出發，我們要學習在斗室旅行。有一本書，是時候讀。

二百多年前，有一位法國人名叫 Xavier de Maistre，他因為跟人決鬥，被判軟禁家中六星期。無所事事，他決定在家中旅行，房間中的床鋪、鏡子、掛畫、晨光、圍困他的牆壁，都成為他細味的景點。他還設定了旅行路線，闖蕩到世上最遙遠的角落，就是他房間的窗邊，遙望眾生，寫成了《我在房間中旅行》一書，成為「旅行日誌」中的奇葩。

也許由於文化與時空的隔閡，這本書不算易讀，但天馬行空的幻想、「家中旅行」的心法，值得學習。

例如，不要輕視一張床。那時代，家中的床，見證一個人的生與死，凝望晨曦灑落，一張床是人世間的變幻舞台，「……上演有趣的場面、可笑的鬧劇與驚慄的悲劇。床是堆滿花朵的搖籃、是愛的王座、是墓塚。」

也不要忽視牆上一塊鏡，凝望鏡中人，他寫道，鏡子真實地反映「鏡中人青春的玫瑰與歲月的皺紋，鏡子不會逢迎，也沒有讒言。」凝望鏡子，作者也想起了人們照鏡的樣子，自憐、自戀，「乃牛頓以來最強大的折射力量」，鏡子反映著歲月的煙塵，人的悲喜禍福。

孤獨時，信箋能解憂，作者翻開抽屜裏的舊信，思念遠方故人；他觀賞書架裏的藏書，化身時空旅人，翱翔於幻想世界，讓思緒飛騰，擺脫囚籠；肉身縱使被困，寸心自由無恙。

如此旅行心法，我們要開始好好學習。

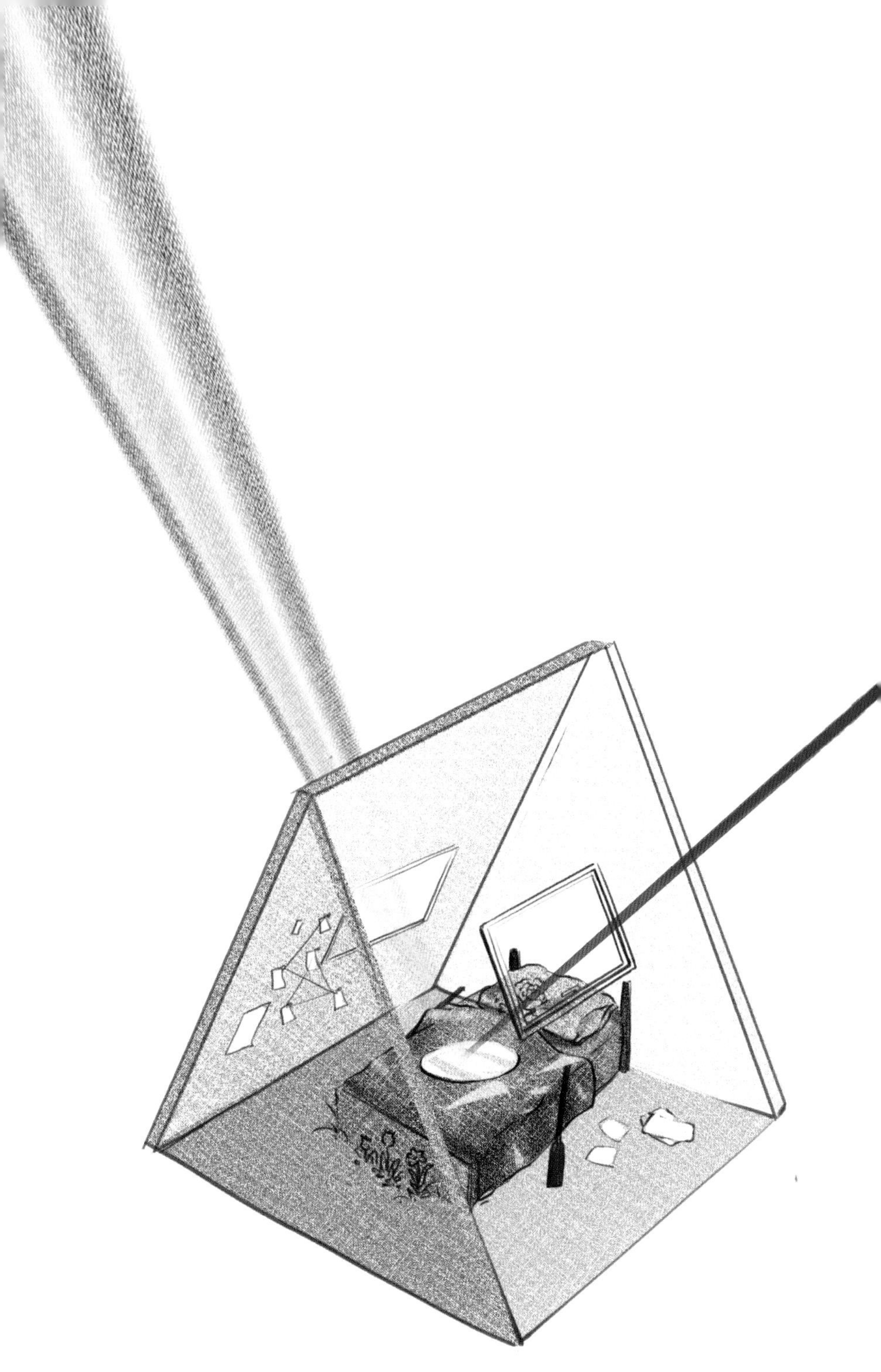

跋：一步一腳震

飛鵝山南脊經自殺崖登山，遠足應用程式地圖上有兩條路，一條名叫「崎嶇」、一條名叫「高危」。是日，我們選擇了「崎嶇」，路上遇到一隊消防員上山救人。

我問：「沒大意外吧？」消防哥哥：「畏高嗗。」他語調平淡，刻意講得持平中立，不顯露情緒，非常專業。

行飛鵝山但畏高？畏高要召喚消防？還未到自殺崖，路上遇到了「畏高」的男子，他不只畏高，而且未吃飯、沒有保暖衣物，好餓、好凍、好累、腳震。

後來才知道，「高危」之路較為崎嶇，「崎嶇」之路才真正高危。

消防員說：現在護送你落山。只見男子一步一腳震，同行女子問有沒有第二條路。

我想答：「高危」或「崎嶇」，你想走哪一條？

香港飛鵝山自殺崖

亂流

作　　者　區家麟
編　　輯　區家麟

插　　圖　Helena CYC
排　　版　Helena CYC
平面設計　Helena CYC

出　　版　藍藍的天有限公司
香港九龍觀塘鯉魚門道 2 號新城工商中心 212 室
電話：(852) 2234 6424
傳真：(852) 2234 5410
電郵：info@bbluesky.com

網上銷售　草田
Website　www.ggrassy.com
Email　info@ggrassy.com

出版日期　2022 年 7 月第 1 次印刷

國際統一書號 ISBN：978-988-76376-0-8
定價：港幣 128 元